Über den Autor

Jahrgang 1948, verheiratet, von 1998 bis 2001 Aufenthalt in Namibia, lebt jetzt in Schlangenbad.

Studium der deutschen Sprache und Literatur, Politologie und Soziologie an der Johann Wolfgang Goethe - Universität in Frankfurt am Main. Erstes und Zweites Staatsexamen für das Lehramt an Gymnasien; 1982 Promotion zum Doktor der Philosophie. Studienrat am Gymnasium in Frankfurt am Main.

Veröffentlichungen:

Der lange Tod der Hibiskusblüte

Im Haus der Nachtkatze

Africamerone

Hommage to Africa (in der Anthologie „Meandering Paths")

Die schönen Töchter der Morbid Invest (2011)

Moderation Mord (2011)

Colour Undetermined- Farbe unbestimmt (2011)

Stories For Africa (2012)

Der E-Eater (2012)

Für meine Freunde Uschi und Uwe Borgwardt

SPIEL MIT MIR „ICH TÖTE DICH"!

PSYCHOSPIELCHEN MIT TODESFOLGEN

Von Johannes O. Jakobi

www.tredition.de

Verlag: tredition GmbH, Hamburg
Printed in Germany
ISBN: 978-3-8472-8709-4

Bibliografische Information der Deutschen Nationalbibliothek:
Die Deutsche Nationalbibliothek verzeichnet diese
Publikation in der Deutschen Nationalbibliografie;
detaillierte bibliografische Daten sind im Internet
über http://dnb.d-nb.de abrufbar.

Inhaltsverzeichnis

VORSPIEL – NACHSPIEL

„Spiel mit mir!"

Wie oft haben wir diese Aufforderung in unseren Kindertagen schon gehört oder selbst ausgesprochen? Harmlose Spiele waren das, auch wenn von guten Cowboys mit Plastikpistolen auf heranjagende, böse Indianer geschossen wurde. Natürlich floss niemals Blut und die zuvor Getöteten wurden spätestens bis zum Abendessen in ihren Familien wieder lebendig.

„Spiel mit mir!"

So haben wir später gerufen, wenn wir gegenseitig Lust auf Sex hatten. Meist auch recht harmlos wie früher bei den „Missionaren". Doch mitunter ging es ein wenig heftiger zur Sache: Peitschen, Fesseln, Fetischismus in jedweder Form. War man unachtsam, flossen manchmal Tränen. Doch in aller Regel kein Blut.

„Spiel mit mir!"

Sehr doppeldeutig. Geht es um die Einladung, mit mir zusammen zu spielen oder bedeutet sie, dass jemand aktiv mit mir spielen soll, während ich mich passiv verhalte. Das geschieht immer dann, wenn ein gewaltbereiter Täter auf ein unschuldiges Opfer trifft. Diese Aufforderung würde das potentielle Opfer niemals ausgesprochen haben; der Täter setzt sie als gegeben voraus.

„Spiel mit mir!"

Beide sind aktiv, beide Täter, einer zumindest gleichfalls Opfer. Nämlich dann, wenn sogar mehr als nur zwei Täter unterwegs sind. Geradezu grotesk wird es, wenn es sich um ganze 20 (!) Personen handelt, die vereinbart haben, sich wechselseitig umzubringen. Eine Lotterie des Todes: Wie du mir, so ich dir, aber ich will der Erste sein. Oder besser, der Letzte! Nämlich derjenige, der am Ende von den 20 Spielteilnehmern überlebt und damit das ganze Preisgeld alleine kassiert. Deshalb ruft er laut und vernehmlich:

„Komm, spiel doch mal mit mir!"

SPIEL MIT MIR „ICH TÖTE DICH"!

„Hiermit melde ich mich zur Teilnahme an deinem Spiel an. Mein Startgeld habe ich soeben auf das Sperrkonto überwiesen. Bitte, bestätige meine Aufnahme. Lol „Glückskind"."

Damit hat Micha nicht gerechnet. Im Ganzen gesehen ist es auch zu unwahrscheinlich. Eigentlich hat er nur einen Versuchsballon steigen lassen wollen, lässt im Internet die Anfrage nach potentiellen und potenten Mitspielern umhersurfen. Alles eher aus Jux und morbider Laune heraus, doch als die ersten Überweisungen auf dem Sperrkonto eingehen, begreift er langsam, dass die anderen diesen Aufruf keineswegs als Spaß aufgefasst haben, sondern sehr ernsthaft das Spiel angehen wollen. Die Regeln sind unmissverständlich, das Ziel klar definiert. Zwanzig Teilnehmer müssen sich melden, jeder von ihnen dabei 50.000 Euro einzahlen, sodass in summa eine Million zusammenkommt. Danach wird der Kreis geschlossen wie bei einem Immobilienfonds. Weitere Gesellschafter werden nicht mehr zugelassen. Nur handelt es sich hierbei nicht um ein simples Anlage- und Steuersparmodell, sondern um eine tödliche Angelegenheit. Mit seiner Einlage erklärt sich jeder einverstanden, zu töten oder selbst getötet zu werden. Was hier auf Zeit etabliert wird, ist nichts Geringeres als eine exklusive Gemeinschaft von Mördern. Natürlich ist die große Summe, die es zu gewinnen gibt, äußerst verlockend, aber der eigene Einsatz ist doch unglaublich hoch. Insgesamt aber scheint es mehr Hasardeure der anderen Art zu geben, sonst bliebe ja alles bloße Spielerei langweiliger Chat Room Kids. Bei den Teilnehmern überwiegt der Reiz des Materiellen und Makabren die kreatürliche Furcht, obwohl die Chancen deutlich gegen einen stehen. Denn sogar gleich zweifach kann man verlieren. Nicht nur, dass man seinen Einsatz von € 50.000 einbüßt, man setzt das eigene, unwiederbringliche Leben als zusätzlichen, allerhöchsten Einsatz aufs Spiel. Im wahrsten Wortsinne, denn die erste Regel der Teilnahme besagt, dass derjenige, der als letzter der zwanzig Spieler übrig, also als letzter am Leben bleibt, das ganze Preisgeld von einer Million Euro einstreichen kann. Das heißt, die Gewinnchancen stehen 1 : 20, dass man im Verlauf des Spiels sein Leben verliert, von einem der anderen neunzehn Spieler getötet wird. Nur der letzte Überlebende bekommt das Geld, und gespielt wird eben so lange, bis die anderen neunzehn tot, mausetot sind. Demnach lauert jeder auf jeden. Auch die Art und Weise, den oder die anderen zu töten, ist absolut freigestellt. Welche Waffen zum Einsatz kommen, wie die Strategien des Killens aussehen, wie viel Blut zum Zeitpunkt des Tötens fließt, alles ist optional und ins Belieben des Handelnden gestellt.

Die nächste email trifft ein. Ein „Rassel" schreibt:

„Wie viele Teilnehmer kann und darf ich denn töten?"

Micha antwortet umgehend:

„Wenn du willst oder kannst, darfst du grundsätzlich alle deine Gegner allein ausschalten."

„Könnte ich dich also jetzt sofort killen, wenn ich das wollte?"

„"Noch nicht gleich „Rassel", mein Freund, erst wenn alle 20 Mitspieler zusammen sind und gezahlt haben. Du musst dich also leider noch ein bisschen gedulden. Aber ich verspreche dir, du wirst der erste sein, den **ich** umlege. Das mach ich doch gerne für dich. Lol „Max"."

Warten und Warten müssen sind zwei grundverschiedene Ansätze. Das könnte aber auch bedeuten, dass ein überkluger Schlaumeier sich bequem zurücklehnt und abwartet, bis sich alle anderen gegenseitig gemetzelt haben würden, um dann an das ganze schöne Geld zu kommen. Kein Zeitzwang, kein Limit. Das Problem besteht nur darin, dass erst ausgezahlt wird, wenn die anderen neunzehn tot sind, von ihnen kein Signal als Lebenszeichen mehr kommt. Also spielt die Zeit durchaus eine beträchtliche Rolle und lässt eigentlich nicht zu, dass jemand bloß abwartet und Tee trinkt.

Eine neue email. Ein potenzieller Teilnehmer „Kendo" fragt an, ist ziemlich misstrauisch:

„Wer garantiert mir denn, dass meine Geldeinlage auch sicher ist?"

„Das gewährleistet die Bank. Das gemeinsam eingezahlte Geld liegt fest auf einem Sperrkonto, bringt demnach auch noch satte Zinsen. Erst wenn kein Lebenszeichen in Form eines codierten, individuellen Signals mehr ankommt, gilt der Mitspieler nach drei Tagen als tot und scheidet damit physisch aus.

Sein Anteil aber bleibt weiterhin auf dem Konto für den Gewinner, also den letzten Überlebenden. Lol „Max".“

Zur Wahrung der absoluten Freiwilligkeit hat jeder der Teilnehmer während der gesamten Spieldauer das Entscheidungsrecht, zu jedem beliebigen Zeitpunkt wieder auszusteigen. Damit verliert der Mitspieler zwar seinen Einsatz, behält dafür aber sein Leben. Tatsächlich bekommen zwei der zwanzig Teilnehmer zwischenzeitlich kalte Füße und hören auf. Vereinbarungsgemäß verbleibt ihr Einsatz auf dem Gemeinschaftskonto. Keiner kann tricksen, beim Verlassen des Spiels erlöschen alle seine Rechte. Da alle also gleichberechtigt sind, gibt es auch keinen Spielleiter, der den anderen vorschreibt, wo es langgeht. Jeder kämpft individuell an seiner Front und hält seinen persönlichen Einsatz gegen die anderen.

So gesehen, besitzen scheinbar alle die gleichen Chancen, doch das stimmt nicht, denn Micha Mansfeld, der Initiator dieser Mörder-Lotterie, spielt ein wenig mit gezinkten Karten oder, anders gesagt, fährt eine Doppelstrategie. Ohne Wissen der anderen hat er zwei Einsätze getätigt, mithin 100.000 Euro, hinterlegt, um seine Möglichkeiten ganz wesentlich zu erhöhen. Sein fiktiver Mitspieler nennt sich „Moritz", während sein eigener Tarnname „Max" lautet. Micha hat sich vor der Einladung zu diesem makabren Spiel sämtliche Varianten und Finten überlegt, wie er die potentiellen Mitstreiter austricksen und das gemeinsame Geld einstreichen kann. Zu diesem Zweck hat er seine 15-jährige Schwester Marion als eben diesen „Moritz" gemeldet und ihr, wie den anderen auch, ein Codesignal zugeordnet. Außerdem hat er sich noch in einem anderen Stadtteil ein Zimmer gemietet, damit es nicht auffällt, dass er eigentlich zwei Personen verkörpert, denn Marion selbst weiß von gar nichts. Hinterhältigerweise dient sie ihm sogar als Lockvogel, da jeder, der sich an sie heranmacht, um sie zu töten, nicht damit rechnen kann, von „Max" aus einer dunklen Ecke heraus ermordet zu werden. Sollte „Moritz" umkommen, dann würde „Max" das für seine Schwester eingezahlte Geld am Ende wieder zurückbekommen. Insofern minimiert er sein eigenes Risiko ganz erheblich und kann jederzeit von der gemeinsamen Wohnung mit seiner Schwester zu seinem gemieteten Zimmer in der Stadt rochieren. Sobald die anderen achtzehn Teilnehmer sich wechselseitig um die Ecke gebracht haben würden oder von ihm selbst gekillt worden sein sollten, dann braucht er seine Schwester Marion gar nicht umzubringen, um an das Geld zu kommen, denn er wird einfach ihr Signal löschen, ohne dass sie auch nur das Geringste gemerkt hätte. Zur Belohnung für ihre „Tapferkeit" wird er ihr zum 18. Geburtstag den Führerschein bezahlen und ihr dazu noch ein neues Auto kaufen. Jedoch könnte das ein frommer Wunsch bleiben, denn die Wahrscheinlichkeit, dass „Moritz" ebenfalls umgebracht wird, ist reichlich hoch. Nun, zumindest beruhigt es Michas Gewissen ein wenig, sofern er überhaupt eines besitzt.

Alle Spielteilnehmer geben sich jeweils einen Internet-Namen, müssen den anderen ihre Postleitzahl mitteilen und richten eigens eine besondere email Adresse ein, um miteinander kommunizieren zu können. Gleichzeitig dient dies dazu, dass sie leichter geortet, intensiver bedroht, psychologisch terrorisiert, verlockt und getäuscht werden können. Man belauert sich, sammelt so viel Material wie möglich über die anderen, um ihre Person und ihre Spur identifizieren zu können. Es steht jedem frei, diese Datensammlungen, ob echt oder zwecks Irreführung gefälscht, authentisch oder raffiniert manipuliert, den anderen zur Verfügung zu stellen. So kann es leicht passieren, dass ein Opfer gleichzeitig von mehreren Jägern in die Zange genommen wird. Eine solch gemeinsame Treibjagd reduziert für den Gejagten die Chancen zu überleben ganz erheblich. Einfach alles unterhalb der Gürtellinie ist erlaubt. Catch as catch can!

Die ersten zwei, drei Monate geschieht vordergründig rein gar nichts. Neunzehn Täter lauern auf ebenso viele Opfer. Hinter den Kulissen wird jedoch fieberhaft gearbeitet. Da werden individuelle Pläne geschmiedet, Seilschaften organisiert, Dateien erstellt und hin und her geschoben. Bislang ein virtuelles Psychodrama ohne konkretes Blutvergießen. Alle bereiten sich optimal vor, wählen das Opfer mit großer Sorgfalt, schärfen die Waffen oder beschaffen sich neue, brutalere. Nur „Moritz", die nichtsahnende Schwester von Micha Mansfeld, lebt noch unbeschwert in den Tag hinein. Was die anderen treiben, davon weiß sie nichts, denn es ist ja nicht ihr Spiel. Für die Übrigen zerrt diese elende Warterei an den Nerven. Das Maß ist voll. Kurz darauf, als hätte jemand ein geheimes Signal gegeben, fallen sie übereinander her. ...

Marion verharrt ratlos vor ihrem Kleiderschrank, um sich für die Schule anzuziehen, weiß nicht, wofür sie sich entscheiden soll. Ihr Bruder Micha erscheint in der Zimmertür, gibt ihr Ratschläge:

„Nimm doch den roten Rock zusammen mit dem schwarzen Top, das steht dir supergut. Oder, warte mal, zieh besser das gelbe Kleid dort an. Heute ist doch so ein warmer Tag, da kannst du es prima tragen. Du wirst darin wie ein Schmetterling aussehen, Schwesterchen. Sämtliche Jungs werden auf dich fliegen."

Keineswegs uneigennützig sind Michas brüderliche Beratungen und Schmeicheleien, denn nach seinen Unterlagen, die er über jeden der anderen Mitspieler angefertigt hat, geht hervor, dass sich „Rassel" ganz in der Nähe der Wohnung befinden muss. Wenn seine Schwester irgendetwas Auffälliges trägt, wird „Rassel" anbeißen und ihr folgen. Natürlich wird er „Moritz" zu töten versuchen, er aber, „Max", wird sich gleichermaßen an die Spur heften und diesen „Rassel" bei passender Gelegenheit kalt machen, bevor der sich an „Moritz" vergreifen kann. Auf Michas Vorschlag hin wählt Marion tatsächlich das zitronengelbe Sommerkleid aus. Micha ist zufrieden, gibt ihr hundert Meter Vorsprung auf ihrem Weg zur Schule, und hält Ausschau nach „Rassel". Draußen geht ein leichter Wind, der Marions Kleidchen lustig um ihre hübschen Beine schwingen lässt. Natürlich weiß sie nicht, dass sie als Signalton auf

„Rassel" wirkt, der wie eine Klapperschlange auf sie lauert. Vorsichtig folgt er ihr, weiß noch nicht, wo sie hingeht, hat auch noch keinen konkreten Plan, wo er sie killen wird. „Moritz" läuft so unbeschwert, dass er sich sicher sein kann, dass sie ahnungslos ist. Dennoch gewährt auch er ihr einen ziemlichen Vorsprung, bevor er sich an ihre Fersen heftet. Sicherheit geht vor, „Moritz" könnte schauspielern, so cool tun, um ihn in irgendeine Falle zu locken. Dabei brauchte „Rassel" gar nicht so vorsichtig sein, könnte beherzter auftreten und sie bereits auf ihrem Weg zur Schule, der durch einen kleinen Park führt, massakrieren, denn Marion weiß ja nicht, dass sie als „Moritz" auf der Abschussliste steht. Ihr Bruder Micha hat sogar etwas nachgeholfen, hat sensible Daten über „Moritz" und ihr luftiges Sommerkleidchen an „Rassel" weitergegeben. Ein gefährliches, ganz und gar nicht brüderliches Spiel, denn „Rassel" hat keine Hemmungen, eine junge Frau zu liquidieren. Vorsichtig wie ein Schatten huscht „Rassel" von Baum zu Baum, während das gelbe Kleidchen in der Sonne tanzt und lockt. Den ganzen Weg lang bis zur Schule passiert dem fröhlichen Mädchen jedoch nichts, während ein Mordbube dem anderen aufmerksam folgt. Schon ist Marions zitronengelbes Kleid in der Schule verschwunden, „Rassel" sucht sich ein Versteck, von wo aus er das Schulhaus im Auge hat. Gleichzeitig kann er darauf hoffen, dass ihm seine Beute sogar entgegenkommt, sozusagen freiwillig in die Arme läuft. Also versteckt er sich auf der Mädchentoilette, die schräg über dem Schulhof liegt. Mit sich und der Welt zufrieden, lauert er hinter einem

Türspalt. Aber er muss sich unglaublich lange gedulden, während Marion in den diversen Klassenräumen Fachunterricht hat. Offensichtlich verfügt sie zudem über eine enorm starke Blase, denn sie muss einfach nicht auf die Toilette. Inzwischen ist auch „Max" bei der Schule angelangt, sieht, wohin „Rassel" verschwunden ist, und wählt als paralleles Versteck das Jungenklo. Sowie Marion zu ihrer Toilette geht, wird er um die Ecke huschen und diesem „Rassel", wenn er auf seine Schwester losgeht, mit einem dicken Hammer von hinten den Schädel zertrümmern. Außerdem hat er für alle Fälle noch einen Hirschfänger in der Gürteltasche, um sein Opfer auch noch abstechen zu können. Unbewaffnet wie sie ist, denkt Marion gar nicht daran, sich in Gefahr zu bringen, geht ums Verplatzen nicht für kleine Mädchen, sondern spaziert einfach wieder nach Hause. Was Jäger „Max" mit Jäger „Rassel" macht, als der dem begehrten Opfer „Moritz" wieder durch den kleinen Park nacheilt, merkt Marion nicht, weil sie ja ohnehin ahnungslos ist. Es knirscht, als der Hammer die Schädeldecke splittern lässt, das scharfe Messer schneidet zudem eine große 1 in „Rassels" Brust. Sein Signalton erlischt nach exakt drei Tagen; „Max" stellt das schauerliche Bild ins Internet.

Die Meute der anderen Jäger feixt und gratuliert „Moritz" zu seiner blutigen Tat, denn man ist vorab von „Max" unterrichtet worden, dass „Rassel" hinter „Moritz" her sei. „Moritz" habe sich unwissend gestellt und „Rassel" getäuscht. Dieser habe seine Attacke danach mit dem Leben bezahlt. Sein Spieleinsatz falle hiermit an die Gruppe. Gut so, man freut sich.

Hat der eine oder andere vielleicht noch an der Ernsthaftigkeit des Spiels Zweifel gehabt, so sind alle eines Besseren belehrt worden. Quasi als Zuckerle für Schwester Marion baut sich dadurch ein gewisser Schutz auf, denn mit dem wehrhaften „Moritz" will man erst einmal selbst nichts zu tun haben. Auch macht sich bei den meisten eine Art von Beklemmung breit, dass man der Nächste sein könnte. Das Spiel wird richtig gefährlich, der Gewinnanteil steigt und mit ihm das Risiko. Keiner will das nächste Mordopfer sein. Das veranlasst den ersten Teilnehmer, dessen Nervenkostüm den psychischen Belastungen nicht mehr stand hält, aus dem Spiel auszusteigen. Sein Preisgeld verfällt, der Jackpot wächst, während die Chancen der anderen aufs Überleben weiter sinken.

„Fläschle" nennt sich genau wie er aussieht: ein gemütlicher, menschlicher Bocksbeutel mit lustigem Inhalt. Indes, der Schein trügt; „Fläschle" ist gnadenlos. Seine Mordwaffe ist tatsächlich ein gefüllter Bocksbeutel, dessen Flaschenhals er mit einer genialen Konstruktion aus gedrehtem Draht zu einem wuchtigen Hammer mit Holzstiel präpariert hat. Nachdem er seinem armen Opfer den Brustkorb zertrümmert hat, löst er per Knopfdruck den eingepassten Stiel wieder vom Flaschenhals und lässt den Bocksbeutel als sein Markenzeichen am Ort der Tat zurück. Auf diese freundliche Art killt „Fläschle" immerhin zwei Spielteilnehmer, dann erwischt es ihn selbst auf ganz unglückliche Weise. Seine Schlagwaffe löst beim Nachhintenziehen über dem dritten Opfer ihre Arretierung selbsttätig aus, sodass ihm der

Bocksbeutel an die eigene Brust knallt und ihn se-kundenlang paralysiert. Zeit genug für „Kendo", dem taumelnden „Fläschle" sein Samurai-Schwert von unten, zwischen den Beinen hindurch, bis hinauf zum Halsansatz zu stoßen.

Die Spielerin „Glückskind" hat eine erotisch-perfide Fangmethode entwickelt, ihre männlichen Rivalen um den großen Jackpot einzulullen. Mit Sti-letto-Heels, Netzstrumpfhosen und Super-Mini be-waffnet, begibt sie sich auf die Jagd. Ihre nichtsah-nenden Opfer findet und stellt sie in der Disco oder, ganz angelegentlich, bei irgendwelchen Alltagsitua-tionen, sei es in der U-Bahn, sei es an der Kasse eines Supermarkts. Sie sieht einfach mörderisch gut aus, unser „Glückskind". Ihre himmelblauen Augen bli-cken so unschuldig in die Welt, dass keiner auch nur den leisesten Verdacht hegt, mit ihr könnte etwas nicht in Ordnung sein. Skrupellos nutzt sie die männ-liche Gier nach der naiven Lolita, um sie nach dem Sex erbarmungslos zu töten. Ihre Aufreißer-Sätze sind zwar leicht stereotyp, verfehlen aber wohl ge-rade deshalb niemals ihre Wirkung:

„Sag mal, kenne ich dich nicht von irgendwo her? Warst du nicht auf dieser geilen Party bei...? Hmmm, lass mich mal überlegen! Ne, kann nicht sein, oder? Aber ich kenn dich. Klar, logo! So ein Gesicht vergisst man doch nicht. Nicht ich! Aber jetzt, da wir uns wiedergetroffen haben und uns so gut verstehen. Was hältst du davon, wenn wir zusammen was un-ternehmen? Ich hätte Zeit. Okay, dann los!"

Hat ihre Beute angebissen und „Glückskind" törichterweise zu sich nach Hause eingeladen, willigt sie nach anfänglichem gezielten Zögern unbekümmert und bereitwillig ein. Nach dem üblichen Ritual „Was möchtest du denn trinken?" und dem Geschmuse vorweg, springt sie wie ein jungfräulicher Nacktfrosch kichernd in die jeweilige Kiste. Dort inszeniert sie eine theatralisch hervorragende Show, simuliert einen kreischenden Orgasmus und lässt danach den überanstrengten Lover an ihrer Brust einschlafen. Mit einem scharfen Schnitt durchtrennt sie fachmännisch die schnarchenden Kehlen ihrer Männer. Zusammen mit dem sexgeilen „Kendo", dem sein Samurai-Schwert bei „Glückskind" absolut nichts nutzte, hat sie drei ihrer vermeintlich neunzehn Konkurrenten auf diese wunderbar feminine Weise massakriert, ehe sie selbst von „Panthera" mit einem gewaltigen Prankenhieb erlegt wird.

„Panthera" hat sich, weit besser noch als „Glückskind", einen extrem raffinierten Verkleidungstrick ausgedacht, um sich von ihren ausgesucht weiblichen Opfern die Wohnungstür öffnen zu lassen. Als Pizzalieferantin getarnt, klingelt sie ungeniert und dreist. Sie weiß, das ist ihr Sesam-öffne-dich. Wenn hinter der verschlossenen Tür gerufen wird, wer denn da sei, dann gibt sie zur Antwort:

„Hier ist der Pizzaservice. Ich liefere die bestellte Pizza!"

Das ist übel und hundsgemein, weil sie alle darauf hereinfallen. Da die meisten der Internetnutzer, und vornehmlich Frauen, ständig nur Pizza vor dem PC essen, sind sie arglos und öffnen unvorsichtigerweise gleich Tür und Tor. Genau da befindet sich die Achillesferse, ihr Verhalten ist so voraussagbar. Sie können ihre dicken Fußspuren, die sie unkritisch in die Datenautobahn des Internets getreten haben, nicht mehr selbst erkennen, obgleich diese weiterhin so deutlich sichtbar sind. Und noch ein Fehler kommt hinzu: Selbst wenn sie gar nichts geordert haben, ist der Zugzwang zur Tür vorhanden. Eigentlich wollen sie nur sagen, „ich hab doch nichts bestellt". Alle machen sie der Pizzafrau auf. „Panthera" hebt den Deckel der Pizzabox so, dass nicht zu sehen ist, was sich darin wirklich befindet. Mit den Worten „Quattro Stagioni" zieht sie eine stählerne Pranke heraus, mit deren Krallen sie dem höflichen Opfer eines über den Kopf zieht, dass dem Hören und Sehen vergeht. Mit scheußlich huronischer Technik trennt die Pranke sodann den Skalp vom Schädel. „Glückskind" war eine dieser ewig Pizza verzehrenden Frauen, hat auch vor ihrem gewaltsamen Tod tatsächlich eine Pizza bestellt. Allerdings keine „Quattro Stagioni", sondern die extra Große mit doppelt Salami, Pilzen, Kapern und Artischocken. Nach unerfülltem Sex hatte sie immer richtig viel Hunger. Ihr Leckermäulchen bleibt jetzt auf ewig gestopft.„Panthera" hatte den Pizzamann vor „Glückskinds" Wohnung, vor der sie sich im Dunkeln postierte, abgefangen, bezahlt und danach ihr eigenes Pizzabäckerkostüm angelegt. Außerdem verschaffte sie sich mit dem Mord einen enormen Vorteil, denn sie plündert die von „Glückskind" selbst gestohlenen Dateien über die anderen Mitspieler. Ihre Informationen führen sie zu „Moritz", dem sie recht bald einen letzten Besuch abstatten wird. Marion ahnt natürlich nichts von der drohenden Gefahr, während es ihrem Bruder Micha ebenfalls an den Kragen gehen soll. „Gonzalez" und „Clarabella Cow" sind dicht auf den Fersen von „Max".

„Gonzalez" folgt „Max", der sich von seinem gemieteten Zimmer in der Stadt auf dem Weg zur gemeinsamen Wohnung mit seiner Schwester Marion befindet. „Gonzalez" ist der Meinung, dass „Max" diesen „Moritz" zu killen beabsichtigt. Auch „Clarabella Cow" hat aus ihrer Datensuche den Aufenthaltsort von „Moritz" eruiert und will „Max", nachdem dieser „Moritz" eliminiert hat, aus dem Hinterhalt erledigen. Was weder sie noch „Gonzalez" wissen, ist, dass auch „Panthera" sich vorsichtig heranpirscht. Diese hingegen weiß, dass „Gonzalez" hinter „Max" her ist, der offenbar wiederum „Moritz" töten will. Was „Panthera" jedoch nicht weiß, auch „Clarabella Cow" befindet sich in tödlicher Nähe.

„Max" freilich ist keineswegs ahnungslos, was den ihm folgenden „Gonzalez" betrifft. Trickreich schüttelt er ihn vorerst ab, wird ihn dadurch aber nicht völlig los, weil „Gonzalez" selbstverständlich weiß, wo „Moritz" wohnt. „Max" plant, seine Schwester erneut als Köder zu benutzen, um diesen „Gonzalez", wie vor einiger Zeit den trotteligen „Rassel", kaltblütig zu erwischen. „Gonzalez" soll denken, dass „Max" von „Moritz" ausgeschaltet worden ist. Da er dort unten im Dunkeln lauert, würde er sich eben stattdessen „Moritz" vorknüpfen wollen und nicht ahnen, dass ihn „Max", sowie er sich an „Moritz" vergreifen will, von hinten erschlagen würde. Ein geniale Idee, ein trefflicher Schachzug, doch der Plan scheitert.

Natürlich liegt „Gonzalez" auf der Lauer, späht durch die Dunkelheit. So konzentriert auf seine vermeintliche Beute ist er, dass er nicht bemerkt, dass „Clarabella Cow" hinter ihm Position bezogen hat. Doch er ist nicht direkt in Gefahr, denn sie hat ihn nicht bemerkt, weil auch sie es auf den im Haus verschwundenen „Max" abgesehen hat. So hocken sie da, fast Rücken an Rücken, zwei Jäger, die sich gar bald doch kennenlernen werden. Zunächst aber schleicht „Panthera" heran, sie trägt ihr Bäckeroutfit und die Pizzabox mit der stählernen Pranke darin.

„Er kommt gar nicht mehr heraus, dieser Mistkerl!" stößt „Gonzalez" halblaut und ärgerlich hervor.

„Das scheint mir auch so", kommt es zischend zurück.

Völlig überrascht drehen sich beide um, starren sich an, doch „Gonzalez" reagiert schneller. Ohne Vorwarnung hat er der armen „Clarabella Cow" seinen Eispickel so heftig in Brust und Herz gehämmert, dass sie bereits tot ist, bevor sie schreien oder sich zur Wehr setzen kann. „Gonzalez" grunzt zufrieden, könnte sich die Untersuchung seines Opfers eigentlich schenken, denn der Eispickel hat ganze Arbeit geleistet. Dennoch schaut er genauer nach, und diese Pingeligkeit wird ihm zum Verhängnis. „Panthera" steht plötzlich neben ihm.

„Was gaffst du, Pizzabäcker? Verpiss dich, sonst gibt es Ärger!"

„Panthera" schätzt die Gesamtsituation gedankenschnell als günstige Gelegenheit ein, öffnet ihre Box:

„Pizza Quattro Stagioni, prego!"

„Du tickst wohl nicht richtig, Pizzatante! Steck dir deine Quattro Stagioni in den Arsch!"

Ohne aufzublicken, fingert „Gonzalez" an der toten „Clarabella Cow" herum. Die Pranke, die ihm die Haut vom Kopfe reißt, spürt er als feuriges Inferno bis in seine Augen. Instinktiv versucht er, den Eispickel, den er nachlässig während seiner Untersuchung der blutigen Brust von „Clarabella Cow" zur Seite gelegt hat, zu packen. Da trifft ihn der zweite, finale Prankenschlag; ohne weitere Gegenrede und ohne Quattro Stagioni wechselt er übergangslos ins Jenseits. „Panthera" ist von sich selbst begeistert. Zwei auf einen Streich! Nicht übel, Frau Grübel! Wo zwei sich finden, da könnte auch ein dritter sein. Ein Hattrick! „Panthera", die ihre Pranke am Millefleur Kleid von „Clarabella Cow" gesäubert hat, wird ihre Pizza nun zu „Moritz" bringen. Keine zwei Minuten, da ist sie bereits im Haus, die Treppen hoch und klingelt frech an der Wohnungstür.

„Pizzaservice, prego! Pizzaservice!"

Marion öffnet die Tür einen Spalt breit, „Panthera" schiebt ihren linken Fuß dazwischen. Das hätte sie besser unterlassen sollen, denn Marion tritt ihr mit ihrem Absatz voll und heftig auf die Zehen; das wohlbekannte „Quattro Stagioni" bleibt „Panthera" im Halse stecken, stattdessen ein echter Schmerzensschrei. Sofort will sie ihre Pizzabox öffnen, da blickt sie in die Mündung einer Pistole.

"Lass das Ding zu oder ich knalle dir eine Kugel in den Kopf! Ich weiß, wer du bist, warum du kommst und was du in deiner Box versteckt hast. Jedenfalls keine Pizza, das ist sicher. Du nennst dich „Panthera" und willst „Max" erledigen, nachdem er mich getötet hat. Dann wärest du die letzte Überlebende und hättest Anspruch auf das ganze Geld. Doch daraus wird nichts, denn du siehst, dass „Max" mich nicht erwischt hat. Im Gegenteil!"

„Dann hast du ihm den Garaus gemacht? Bist ihm zuvorgekommen, ja?"

„In gewisser Weise schon. Kann man so sagen. Aber komm doch rein und überzeuge dich selbst. Nur solltest du aufpassen, eine falsche Bewegung und ich blase dir dein kleines Katzenhirn raus. Und deinen albernen Pappkarton stell mal gleich hier im Flur ab. Wenn du nachher gehst, kannst du ihn wieder mitnehmen."

„Du willst mich wieder laufen lassen? Einfach so? Das glaube ich dir nicht „Moritz"."

„Glaub, was du willst. Natürlich lasse ich dich nicht einfach wieder frei, wo ich dich doch jetzt gefangen habe. Nein, bevor du wieder verschwinden kannst, hast du noch eine Aufgabe zu erfüllen. Im übrigen heiße ich nicht „Moritz", sondern Marion, denn ich bin ein Mädchen."

„Aber weshalb ist „Max" hierher gegangen, er wollte dich doch töten?"

„Er wollte mich keineswegs ermorden, er wollte, dass ich ermordet werde. Das ist zwar für jemanden, der am Ende tatsächlich tot ist, eigentlich ziemlich egal. Niemand kann sich seinen Mörder normalerweise aussuchen. Aber für „Max" machte es einen großen Unterschied. Immerhin ist „Max" in Wirklichkeit mein Bruder Micha, und man tötet seine geliebte Schwester nicht selbst. Man lässt töten, das ist besser für's Gewissen. Dieser „Moritz" existierte nur für euch andere, ich selbst wurde nie dazu gefragt. Ich wusste gar nichts von diesem dämlichen Spiel und hätte auch niemals eingewilligt, daran teilzunehmen. Eigentlich nur durch Zufall fand ich heraus, dass mein Bruder mich instrumentalisierte, um euch zu täuschen und seine Chancen zu verdoppeln."

„Wann hast du denn herausgefunden, dass „Max" dich als imaginäre Figur benutzt?"

„Schon ziemlich früh, als er „Rassel" erledigt hat. Er benutzte mich für ihn als Lockvogel, damit er sich auf meine Fährte setzt, während mein Bruder hinter ihm her war, ohne dass dieser etwas ahnte. Bevor ich mich damals für die Schule fertig machte, wollte ich noch was in meinem PC nachsehen, stellte fest, dass er in Betrieb war und Michas Dateien auftauchten. Ich dachte, mich trifft der Schlag. Mein eigener Bruder bringt mich in eine derart große Gefahr! Er wusste, dass „Rassel" mich verfolgen würde, deshalb gab er mir noch diesen feinen Tipp mit dem zitronengelben Kleid. Er sollte mich dadurch nicht aus den Augen verlieren können. Ich merkte, dass mir jemand folgte, tat aber ahnungslos, um ihn nicht zu vorschnellen Reaktionen zu reizen. Und ausgerechnet auf der Mädchentoilette lauerte er mir auf, sodass ich einfach nicht pinkeln gehen konnte. In meiner Not kletterte ich damals auf einen Stuhl und pisste ins Waschbecken im Klassenzimmer. Nicht gerade die feine Dame, aber sollte ich deswegen mein Leben riskieren? Na, jedenfalls kannte ich danach Michas Passwords für „Max" und „Moritz" und konnte alle Informationen einsehen, die er so gesammelt hatte. Ganz akribisch arbeitete er daran, während es mir vor allem darum ging, rechtzeitig zu wissen, wann und wie er mich erneut einzusetzen beabsichtigte. Deshalb wusste ich auch, dass ein „Gonzalez", diese „Clarabella Cow" und du nach hier unterwegs waren. So viel für deine Informationen. Alles klar, Pizzafrau? Sind deine Fragen nun beantwortet?"

„Er hat uns betrogen! Von Anfang an hat er sich einen gewaltigen Vorteil verschafft. Wie konnten wir nur so blöd gewesen sein?!" „Panthera" ist außer sich. „Schade, dass du ihn bereits erschossen hast, ich würde ihm liebend gerne einen roten Scheitel ziehen."

„Genau das sollst du auch tun dürfen. Komm mit!"

Marion dirigiert „Panthera", die ihre Pizzabox wieder hat aufheben dürfen, in Michas Zimmer. Dieser sitzt dort in einem Stuhl, festgebunden und schweigend, weil ihm der Mund mit Leukoplast verklebt worden ist. Seine Augen, die voll Angst weit geöffnet blicken, sprechen eine beredte Sprache. Marion wendet sich erst an ihn, dann an die Pizzafrau:

„Panthera" ist gekommen, um dir eine Pizza zu bringen, Bruderherz. Wir haben uns darauf verständigt, dass du erst mal was Gescheites isst, bevor dich der Tod ereilt. Du erinnerst dich doch an die Szene bei Wilhelm Buschs „Max und Moritz", als die drei Hühner und ihr Hahn die präparierten Brotbrocken als Köder geschluckt hatten. Ich zitiere: ‚Jedes legt noch schnell ein Ei, und dann kommt der Tod herbei.' Machs gut, geliebter Bruder Micha. Los, „Panthera", gib ihm deine Quattro Stagioni zu kosten!"

Und unter der Aufsicht von Marions Pistole richtet die stählerne Pranke ein wahres Blutbad an. Als von „Max" und Micha nicht mehr allzu viel übrig ist, befielt Marion:

„Das reicht, geh jetzt!"

„Wenn du mich laufen lässt, verlierst du eine Menge Geld, das weißt du doch sicher?"

„Ja, gewiss, aber ich verzichte nicht, weil mein Signal als falscher „Moritz" noch läuft, während du das deine vorher löschen wirst. Die Million ist dann futsch für dich, aber dafür schenke ich dir das Leben. Immerhin hast du mich von diesem widerlichen Miststück von Bruder befreit, und ich muss gestehen, auf höchst eindrucksvolle Weise. Da will ich gerne ebenfalls großzügig sein."

„Panthera" tastet mit der Hand heimlich nach ihrer Pranke, versucht noch Marion abzulenken, argumentiert:

„Du bist noch nicht volljährig, du kommst gar nicht an das Geld heran! Du brauchst mich also. Deshalb schlage ich … ."

Sie wollte ‚schlage ich vor' sagen, aber bei Marion löst dies sofort eine impulsive Reaktion aus. „Panthera" scheint nicht begreifen zu wollen. Also, sei's drum. Ohne jede weitere Antwort schießt ihr Marion gezielt zwischen die Augen. „Panthera" wirkt wie erschrocken, bevor sie mit dem Gesicht voran auf dem Boden aufschlägt. Better safe than sorry. Marion wischt die Waffe am Griff sorgfältig sauber und drückt sie dann ihrem Bruder Micha in die klebrig blutige Hand. Aus dem PC löscht sie das Signal für „Moritz", um danach die Wohnung endgültig zu verlassen. In Michas Zimmer in der Stadt wartet sie die drei Tage, bis auch „Pantheras" Signal erlischt, um dann als „Max" die Million nebst der angesparten Zinsen abzukassieren.

ACHTERBAHN

Der weite Platz funkelt wie ein Diamant, unecht zwar, dafür aber voll mit grellbunten Lichtreflexen. Aus jedem Winkel dröhnen die Lautsprecher, laden professionelle Marktschreier das werte Publikum ein, auf irgendwelchen Karussells doch endlich mitzureisen, sich diese nächste Fahrt nur ja nicht entgehen zu lassen. Danach plärren die immer gleichen Schlager und Schnulzen in den Nachthimmel. Eine Glitzerwelt ist da entstanden, in welcher sich die Sorgen des Alltags aufzulösen scheinen. Man gibt sich der illusionären Maschinenszenerie nur allzu bereitwillig hin. Auf der Berg-und Talbahn sitzen die jungen Leute, und immer, wenn die große Plane über die Wägelchen geworfen wird, küssen sich im jetzt dunklen Inneren die Liebespaare, weil es solch einen kitzligen Reiz ausmacht. Der Losverkäufer mit seinem weißen Doktorkittel brüllt sein „Rawel, rawel die Katz', wer's gewinnt, der hat's!" Aus der Geisterbahn dringen gespenstische Schreie, und draußen auf der Holzfassade sind monströse Wesen mit fletschenden Zähnen und blutunterlaufenen Riesenaugen gemalt. Alles wirkt so entsetzlich harmlos, gekünstelter Schauer ohne richtige Gänsehaut. In dieser Glitzerwelt kann man sich unbesorgt treiben lassen, die Gefahren der Großstadt sind weit weg. Nirgendwo sonst ist man sicherer als hier unter den vielen Menschen, die sich alle nur amüsieren, ins Reich der Sinne entführen lassen wollen. Offensichtlich doch nicht alle, denn der kleine Junge, der gleich auf einen wesentlich älteren „Freund" treffen wird, ist von der Realität dieser Scheinwelt absolut überzeugt; tief dringt er in sie ein.

Neben der meterlangen Bratwurst- und Frittenbude hat sich ein Mann mit einem sehr kleinen Verkaufswagen ein Plätzchen gesucht. Er steht, mit einer langen, weißen Schürze angetan, vor einem heißen Ofen, auf dem er in einem rotglänzenden Kupferkessel Mandeln mit Zucker überzieht und darin brennt. In regelmäßigen Abständen, selbst wenn gar keine Kunden da sind, ruft er:

„Mandele, gebrannte Mandele! Kauft, ihr Leut', kauft gebrannte Mandele!"

Klingt ziemlich monoton und wenig überzeugend. Er ist zwar Teil der schillernden, bunten Welt des Rummelplatzes, doch gebrannte Mandeln sind nicht gerade glamourös, er ist und bleibt ein langweiliger Verkäufer eines nicht mehr sonderlich zeitgemäßen Produkts. Hinter der Theke des kleinen Wagens steht seine Frau und bietet in verschiedenen Tütengrößen die von ihrem Mann produzierten Mandeln feil. Daneben verkauft sie Magenbrot, buntgeringelte Zuckerstangen, Lebkuchenherzen und weitere „exotische" Süßwaren. Auch sie weiß um ihre Unbedeutendheit und blickt eher teilnahmslos auf die vorbeiziehende Menschenprozession. Nur der kleine Junge ist da völlig anderer Meinung. Schon geraume Zeit steht Jockele hier und schaut dem Mandelmann mit großen Augen zu. Wie er diesen Geruch liebt! Sie duften aber auch zu verführerisch, diese Mandeln. Für sein Leben gerne hätte er selbst mal mit diesem

Riesenkochlöffel in dem wundervollen Kupfertopf gerührt, aber er wagt es nicht zu fragen. Der Mann hätte ihn auch sicherlich nicht gelassen; er wirkt recht verdrießlich, als würde ihm seine Arbeit keinen großen Spaß machen. Jockele hätte sofort mit ihm getauscht. Auch die Frau hinter ihrer Wagentheke wirkt irgendwie missmutig. Jockele kann sie nur in Umrissen erkennen, die wattschwachen Glühlampen hinter ihrem Kopf bilden einen matten Kranz aus Licht, lassen ihr Gesicht zu einer dunklen Scheibe werden. Bestimmt möchte sie mit ihrem Mann tauschen, selbst im großen Tiegel rühren, um Kundschaft werben, während er hinter der Theke stehen muss. Kummervoll seufzt Jockele: ‚Wenn er sie schon nicht lässt, dann darf ich das sowieso nicht‘. Nur widerwillig verlässt er seinen Platz neben dem Brennofen, geht langsam weiter. Geld, um sich zumindest eine kleine Tüte Mandeln zu kaufen, hat er keines. Die „Frau ohne Unterleib" interessiert ihn nicht, dafür ist er noch zu klein. Dagegen hat es ihm der hypnotisierte Chinese angetan, der stocksteif an der Wand zum Eingang eines wahrhaft seltsamen Etablissements lehnt. Aber der Chinese ist jetzt nicht mehr da, die Show hat inzwischen begonnen. Jockele drängt sich zwischen die schubsende und lärmende Menschenmasse hindurch. Er muss derart aufpassen, dass er nicht mitgerissen wird, dass er die Nachbarin seiner Mutter nicht sieht, die mit einer Eistüte in der Hand ihm freundlich zuwinkt. Sie lächelt darüber, denn sie weiß ja, dass der Junge sehr schlechte Augen hat. Endlich hat Jockele es geschafft. Beim Auto-

Scooter angekommen, sind Mandelmann und Chinese längst wieder vergessen.

Doch da ist noch jemand, der ihm aber weder zuwinkt noch zulächelt. So sehr ist Jockele von diesem Blendwerk an Eindrücken in den Bann gezogen, dass er nicht bemerkt hat, dass ihm seit geraumer Zeit ein Mann gefolgt ist, der ihn aus sicherer Entfernung betrachtet. Der Mann ist ihm vom Mandelstand, über die Dame ohne Unterleib, am abwesenden Chinesen vorbei durch die Menge gefolgt. All diese Attraktionen haben ihn nicht interessiert, er hat ausschließlich Jockele jedes Mal intensiv beobachtet. Der Mann folgt ihm bereits eine ganze Stunde, steht sicherheitshalber immer ein ganzes Stück weiter weg. Aber selbst wenn Jockele ihn gesehen hätte, beim Mandelmann oder vorher am Schießstand, er würde ihn nicht wiedererkannt haben. Dafür ist er einfach zu kurzsichtig. Und genau das stellt sein Problem hier am Auto-Scooter dar. Andere Jungs rennen, wenn die Fahrt der Elektroautos zu Ende geht, quer über die glatte Metallbahn und fragen, wenn nur eine Person im Auto sitzt, ob sie mitfahren dürfen. Jockele aber kann nicht erkennen, ob da ein freier Platz vorhanden ist, höchstens dann, wenn die Fahrt eines Scooters direkt vor ihm endet und er einen leeren Platz eindeutig ausmachen kann. Manchmal lässt man ihn mitfahren, und zuweilen, sofern er Glück hat und auf einen freigiebigen Fahrer trifft, sogar gleich mehrmals. Das sind dann Sternstunden, von denen er insgeheim träumt. Er genießt es, wenn die Wagen aneinander prallen, zur Seite gestoßen werden oder hopsend und schleudernd bei anderen auffahren.

Das höchste aller Vergnügen aber ist es, wenn sein Fahrer kurz das Lenkrad herumwirbeln lässt und danach rückwärts fährt. Ein Taumel von gewollter Orientierungslosigkeit und Schwindel in Kopf und Bauch. Jockeles Augen hinter den dicken Brillengläsern leuchten. Seine Seligkeit ist wahrhaft grenzenlos.

„He, Kleiner, willst mitfahren? Los, steig ein!"

Natürlich will er, ist schon drin. Was Jockele nicht weiß, ist, dass dies der Mann ist, der ihm seit geraumer Zeit folgt. Ahnungslos bedankt er sich.

„Lass mal, alles im grünen Bereich. Halt dich fest! Willst du vorwärts oder rückwärts fahren?"

Heißa! Juchhe! Rumms, bumms, dotz, bautz! Jockele reitet auf dem Stahlross, überspringt alle Hürden und Hindernisse, fliegt durch ein Auto-Universum. Ihn umfängt der Himmel selbst, als ihn der Mann auch noch fragt:

„Willst du selbst mal fahren?"

Nein, das gibt es nicht! Welten im Zusammenprall! Es haut ihn um, fesselt ihn ans Lenkrad. Seine kleinen Hände, die mehr am Lenkrad reißen, als zu steuern, sind patschnass und klebrig. Jockele merkt nicht, dass die eine Hand des Mannes nun auf seiner liegt und mitlenkt. In der Aufregung und Anstrengung beschlagen seine Brillengläser. Ein unglaubliches Gefühl. Jockele zieht seine Kreise im Blindflug. Der fremde Mann hilft ihm nun mit beiden Händen beim Lenken, bei der Orientierung. Sie sitzen eng beieinander. Der Mann spürt Jockeles kleinen Körper neben sich vibrieren und dampfen. Sie fahren sechs, sieben Mal hintereinander. Als sie aussteigen, hat Jockele schwache Beine, torkelt wie ein Hilfsmatrose bei schwerer See. Der Mann lacht und hält Jockele in seinen Armen. Wohlwollend lobt er dessen Fahrkünste über den grünen Klee, streichelt seinen Kopf. Dann kauft er ihm nicht nur eine große Tüte gebrannter Mandeln bei der Mandelfrau, sondern verschafft sich damit endgültig Jockeles unverstellte Zuneigung. Der Mann ist freigiebig. Allem Anschein nach ist der kleine, bebrillte Junge auf eine Goldader gestoßen; der Mann verstreut die Nuggets.

Er könnte etwa 35 Jahre alt sein, ist 1 Meter 82 groß, trägt einen hellblauen Sommeranzug mit weißen Sportschuhen. Aus seinem Vertrauen erweckenden Gesicht lacht ein freundlicher Mund. Seine Augen haben die gleiche Farbe wie sein Anzug. Die blonden Haare sind an den Schläfen hochrasiert und ansonsten ganz kurz geschnitten.

Inzwischen sind sie am Schießstand angekommen. Während der Mann mit dem Besitzer über das Luftgewehr, über die Anzahl der Schüsse und den Preis verhandelt, streichelt Jockele ehrfurchtsvoll und scheu über den Schaft der Waffe, dann über den Lauf. Er fühlt sich kühl und stählern an, ist etwas ölig. Ein wahrhaftiges Gewehr! Jockele ist tief beeindruckt, als der Mann hinter der Theke die Waffe mit Munition lädt und sie dem neuen Freund Jockeles überreicht. Dieser setzt den Kolben an die Schulter, legt an, bringt Kimme und Korn auf eine Linie und drückt ab. Getroffen! Von dem Tonstrang, an dem ein Teddybär hängt, springt ein ganzes Stück ab. Jockele kann es nicht sehen, aber er hört es und klatscht beifällig. Noch mehrere Male schießt das zielsichere Gewehr, dann fällt der Teddy. Der neue Freund drückt ihn in Jockeles Arm:

„Hier, kannst du haben. Ich schenk ihn dir!"

Jockele bedankt sich, der Mann streichelt seine Wangen. Jockeles Glück ist grenzenlos. Kann es da überhaupt noch eine Steigerung geben? Für Jockele nicht unbedingt, denn für ihn sind eigentlich keine Wünsche offen geblieben, aber der Mann scheint mehr zu wollen, übernimmt wie selbstverständlich jetzt das Kommando. Gemeinsam gehen sie rüber zur Achterbahn. Eine gigantische Anlage, von hohen Gittern umzäunt, damit kein Unbefugter sie betreten kann. Donnernd jagen die großen Wagen über ihre Schienen auf und nieder, als wären sie schwerelos und gehorchten einer geheimen Magie. Wie ein Magnet halten die Augen des Jungen die jagenden Kolosse auf ihrer schmalen Spur. Der Mann steht hinter ihm, hat seine Hände auf Jockeles Schultern gelegt. So fasziniert ist dieser, dass der Mann ihn zweimal fragen muss, bevor er versteht, was dieser sagt.

„Magst du mit mir Achterbahn fahren? Ich lade dich ein. Willst du? Komm schnell, wir können gleich einsteigen!"

Die freundliche Nachbarin seiner Mutter hat die beiden beobachtet, als sie da so stehen. Sie sieht die Hände des fremden Mannes auf Jockeles Schultern. Kurz vorher schon hat sie gesehen, wie dieser seltsame Mann den Jungen gestreichelt hat. Bei ihr läuten sämtliche Alarmglocken. Über ihr Handy informiert sie Jockeles entsetzte Mutter.

Noch nie zuvor ist Jockele Achterbahn gefahren. Er hätte auch kaum das Geld dazu, denn die Fahrt ist recht teuer. Die zwei Euro, die er für den Rummelplatz von seiner Mutter bekommen hat, will er dafür nicht ausgeben. Zwar hat er oft am Absperrgitter gestanden und die Passagiere in ihren langen Wagen johlend hoch auf den Turm fahren sehen, von wo aus sie dann, noch lauter und schriller kreischend, nach unten rasen. Jockele ist ein sparsamer Junge, hat sich selbst nichts gegönnt, sondern hat das Geld in Losen angelegt, um seiner Mutter wenigstens ein oder zwei Kompottschälchen aus billigem Pressglas mitbringen zu können. Damit will er seinen Anteil an dem gemeinsamen Haushalt mit seiner alleinerziehenden Mutter beitragen.

Jockele ist genau 1 Meter 54 groß, exakt 11 Jahre und 2 Monate alt, trägt eine kurze Jeans, ein gelbes T-Shirt und dunkelbraune Sandalen. Seine Augen hinter den Brillengläsern wirken kleiner als sie in Wirklichkeit sind, denn er ist kurzsichtig und zwar ziemlich stark. Minus 15 Dioptrien. Entsprechend dick an den geschliffenen Rändern sind seine Gläser und daher drückt das Gestell seiner Brille einen tiefen Rand in seine Nasenwurzel. Auch seine Haare sind blond und ziemlich kurz geschnitten wie bei seinem erwachsenen Begleiter. Der stellt sich ihm vor:

„Ich bin der Tommi, damit du weißt, mit wem du es zu tun hast."

„Und ich heiße Joachim, aber alle meine Freunde nennen mich Jockele. Du kannst mich auch so nennen, Tommi."

Da das Eis zwischen den beiden neuen Freunden längst gebrochen ist, reagiert Jockele auf Tommis Einladung völlig arglos. Endlich darf er auch mal mit dieser Achterbahn fahren, und es kostet ihn nichts, sodass er sein bisschen Geld noch schonen kann. Er und der Mann wirken wie zwei Geschwister, als sie sich nebeneinander in den Wagen setzen und den Sicherheitsbügel umlegen. Tommi lächelt ihm zu, aber es wirkt etwas gequält. Jockele ist ganz freudig erregt, lacht zurück, kann es kaum noch erwarten, bis ihr Wagen endlich an der Reihe ist. Dann geht es los! Als der Wagen nach oben gezogen wird, spürt Jockele, dass der Mann neben ihm zittert und ziemlich blass aussieht, als hätte er tatsächlich Angst vor der Fahrt. Oben auf dem Turm wird das Zittern heftiger. Jockele dagegen ist die reine Vorfreude, streckt sich auf seinem Platz, um besser sehen zu können. Tommi legt seinen Arm wie schützend um Jockeles Schultern:

„Sei bitte nicht unvorsichtig. Halt dich gut an mir fest! Nicht nach unten sehen, da könnte es dir schlecht werden! Hab keine Angst, ich bin ja bei dir und passe auf dich auf!"

Aber Jockele hat gar keine Angst. Mit seinen schlechten Augen kann er ohnehin nicht abschätzen, wie hoch er hier oben ist, wie tief er nach unten rasen wird. Dann, nach dem Bruchteil einer Sekunde des Verharrens, des Stillstandes nach dem Steigen und vor dem Fallen, kippt der Wagen in die steile Vertikale nach unten und donnert los. Während Jockele die Fahrt in vollen Zügen genießt, scheint Tommi neben ihm vor Angst fast zu vergehen. Hatte der Junge vorhin beim Scooter noch feuchte und klebrige Hände, so stehen auf Tommis Stirn jetzt dicke, helle Schweißperlen, die über das Gesicht rinnen, sodass es aussieht, als weinte er. Sein blauer Sommeranzug klebt an seinem Körper; Tommi ist völlig aufgelöst. Er klammert sich an Jockeles Arm, als wollte er sich festhalten statt den anderen zu halten. Doch es ist klar, dass er es ist, der hier Halt sucht, braucht. Jockele missdeutet die Situation, will zeigen, wie wenig ängstlich er selbst ist, lässt gar die eine Hand von dem Haltegriff und winkt nach unten irgendwelchen Zuschauern zu, die er eigentlich weder sehen noch erkennen kann. Fast scheint es, als wollte er sogar aufstehen und seine Mütze schwenken. Tommi bricht auf seinem Sitz zusammen, schlägt wie epileptisch die Hände auf seinen Körper, fuchtelt wild vor dem Gesicht und schreit wie unter einem inneren Krampf. Endlich ist man unten, der Wagen bremst aus. Jockele hebt den Bügel, weil Tommi unfähig ist, auch nur eine Hand zu rühren. Diesmal ist er es, der mit weichen, schlotternden Beinen nur mühsam die Wegsteuerung findet, sich schwer auf Jockele stützen muss. Jockele meint, Tommi spiele den großen Angsthasen, um damit Jockeles Tapferkeit herauszustreichen. Deshalb geht er auf Tommis seltsame Vorstellung ein, prahlt:

„Das haut rein, was!? Das ist nichts für Weicheier! Ich glaube, ich könnte sofort noch einmal fahren."

Er hat es kaum ausgesprochen, da wird sein neuer Freund hart gepackt. Zwei Männer halten ihn, werfen Tommi zu Boden, während ein dritter ihm die Jacke öffnet, ins Innenfutter greift, dort etwas löst. Dann ziehen die beiden anderen Männer vorne aus den Ärmeln der Jacke immer mehr Stoff, bis der Arm zum überlangen Tentakel wird. Mit geübten Griffen werden die leeren Stoffbahnen um Tommis wehrlosen Körper geschlungen und hinter dem Rücken verknotet. Eine Zwangsjacke, die ihn bändigen soll. Eine kluge Konstruktion, als Ausgehanzug getarnt. Jockeles Mutter, die ihren Sohn sofort gegriffen hat, schreit dem gefesselten Mann ihre Wut und ihren Abscheu ins Gesicht. Tommi liegt stumm, nur seine sonst so freundlichen Augen sind jetzt panisch geweitet. Sie suchen einen flehentlichen Blickkontakt mit Jockele, doch den hat seine Mutter heftig weggezerrt, sodass Tommis stumme Botschaft ins Leere geht. Das Letzte, was Tommi sieht, ist, dass Jockele bitterlich zu weinen beginnt, bevor er selbst zu einem wartenden, weißen Wagen mehr geschleift als geführt wird. Voneinander verabschieden können sich beide nicht. ...

Drei Jahre sind zwischenzeitlich verstrichen; Jockele ist nunmehr 14 Jahre und 2 Monate alt. Vor einigen Wochen ist seine Mutter gestorben. Das Jugendamt ordnet die Unterbringung in einem Pflegeheim an. Jockele ist gewachsen, aus dem 1 Meter 54 sind 1 Meter 62 geworden. Er trägt jetzt lange Hosen, ordentliche Stoffhosen mit festen Lederschuhen. Das gelbe Hemd ist längst in einen Kleidersack der Caritas gewandert. Jockeles Brille ist auch dicker geworden, minus 17 Dioptrien drücken noch schwerer auf seinen Nasenrücken. Jockele ist aus dem Heim ausgebüxt, dort wird er wahrlich nicht geliebt. Ob seiner Kurzsichtigkeit wird er gehänselt, ob seiner „Glasbausteine" im Gesicht wird er gemobbt. Freunde hat er keine gefunden, will nun auch keine mehr. Oft denkt er an Tommi, aber der ist, wie er noch von seiner Mutter erfahren hat, ebenfalls in einem Heim. Bevor sie starb, hatte sie ihm noch eingeschärft, niemals wieder mit einem fremden Mann irgendwohin zu gehen. Jockele glaubte das von Tommi nicht. Wie musste der sich wohl fühlen? Was eine geschlossene Anstalt in einer Psychiatrie bedeutet, kann Jockele nicht ermessen, aber er ist sicher, dass auch Tommi keinen anderen Freund hat und genau wie er an ihn denkt. Hier allein und dort allein.

Geblieben ist Jockele die harmlose Vorliebe für die gebrannten Mandeln, insbesondere deren Herstellung. Als wäre keine Zeit der Welt verstrichen, dröhnt und vibriert der Rummelplatz. Fast nichts scheint sich seitdem verändert zu haben. Wohl ist die Frau ohne Unterleib verschwunden, der hypnotisierte Chinese in den wohlverdienten Ruhestand gewechselt. Die Berg- und Talbahn hat sich modernisiert, die Pärchen küssen sich ungeniert vor aller Augen ohne die schützende Plane. Riesige Looping-Maschinen stehen da, wo sich vordem die Geisterbahn befunden hat. Immer noch schieben sich Menschenprozessionen an den Buden vorbei, drängen aneinander, doch ohne wirkliche Nähe. Die Mandelfrau mit ihrem Schattengesicht, das Jockele nunmehr erst recht nicht erkennen kann, steht vor den wattschwachen Glühbirnen hinter der kleinen Theke, als wäre keine Zeit vergangen, doch ihr Mann ist nicht mehr da. Ein Jüngerer, vermutlich ihr Sohn, rührt in dem runden Kupferkessel. Ebenfalls missmutig schaut er drein, offensichtlich macht ihm das Rühren, wie ehedem seinem Vater, keinen rechten Spaß. Auch verarbeitet er keine teuren Mandeln mehr, Erdnüsse sind es, die jetzt in den Zuckersud gegeben werden. Jockele ist innerlich erschüttert, wendet sich enttäuscht und geht. Selbst seine Auto-Scooter sind moderner geworden, eine graue Plastikkarte hat die bunten Fahrchips abgelöst. Im Innenraum kann nur noch eine Person sitzen, es rennen auch keine Jungs mehr herum, um einen Platz zum Mitfahren zu ergattern. Jockele sieht alles wie unter einer fernen Lupenwelt. Er beschließt, nicht mehr wieder hierher zu kommen, der Reiz der ganzen Atmosphäre ist dahin.

Auf dem Weg, den Rummelplatz endgültig zu verlassen, kommt er an der Achterbahn vorbei. Was er so sehen kann, hat sich nichts Grundsätzliches getan. Wenn Veränderungen vorgenommen worden sein sollten, dann fallen diese ihm nicht auf. Eigentlich interessiert ihn das ebenfalls nicht mehr. Ein einziges Mal ist er gefahren, mit Tommi, den sie sofort danach eingefangen haben. Gegen dessen Willen wieder zurückgebracht in die Nervenklinik. Weil er extrem gefährlich sei, hat ihm die Mutter damals erklärt, aber für Jockele ist es die gemeine Verhaftung seines neuen Freundes gewesen. Immerzu denkt er an ihn, kann niemals die Panik in dessen gefesselter Seele vergessen. Ihm, Jockele, geht es ja auch nicht mehr gut. Nicht nur er, sondern die Welt hat sich verändert. Als Heimkind hat man definitiv mehr Pflichten als Rechte. Jockele denkt manchmal ans Sterben. Alles hinter sich lassen wie seine Mutter. Grußlos gehen aus dieser Welt, die ihn nicht mag, ablehnt, erbarmungslos quält. Eine schikanöse, soziale Kälte, die ihn frieren macht.

Kann es eine unsichtbare Schnur sein, die ihn zieht? Vielleicht seine innere Einsamkeit, der es ohnehin gleichgültig ist, wohin sich die Füße dieses Jungen in ihren festen Lederschuhen wenden? Mehr schemenhaft als deutlich sieht er vor sich einen Mann in einem hellblauen Sommeranzug an den Gittern der Absperrung zur Achterbahn stehen. Er kennt diesen Anblick – wie hätte er ihn jemals vergessen können? - zupft den Mann am Ärmel, spricht ihn leise an:

„Hallo Tommi, bist du es? Wo kommst du her? Darfst du wieder nach draußen? Ich war auch schon so lange nicht mehr hier. Mir gefällt es nicht mehr. Wollen wir hier weggehen?"

Der Mann im blauen Anzug spricht kein Wort, nimmt Jockele in den Arm und nickt heftig und bestätigend zu allem, was Jockele sagt oder vorschlägt. Tommi hat das Jungenhafte seines Aussehens verloren, ist alt geworden. Die Erlebnisse und Erfahrungen der letzten drei Jahre wiegen wie drei Jahrzehnte. Seine Augen schauen zwar nach wie vor freundlich, aber ihr Blick ist mehrheitlich nach innen gerichtet. Verloren in eine Welt, die so unverständlich anders ist, als man sich das gemeinhin so vorstellt. Eine Binnenwelt, die durch Pharmazeutika künstlich begrenzt wird. Tommi wirkt irgendwie hilflos. Jockele nimmt seine Hand, und der große Tommi geht mit dem viel Jüngeren als Führer, so wie Jockele vor drei Jahren mit ihm gegangen ist.

„Was haben sie mit dir gemacht? Bist du ihnen damals abgehauen und sie haben nach dir gesucht? Hättest du nicht mit mir zusammen sein dürfen? Haben sie dich danach eingesperrt? War es schlimm?"

Erneut nur diese heftige Kopfbewegung, als könnte er nicht mehr sprechen, nur noch Fragen mit Nicken oder Kopfschütteln beantworten. Doch, sprechen kann er noch, aber die Freude über das Wiedersehen hält seine Stimme gelähmt. Jockele nimmt seine Hand, lässt ihm alle Zeit, die er braucht. Sie setzen sich auf eine Bank, hocken schweigend, schauen sich an, grinsen wie zwei Verschwörer. Nach einer ganzen Weile erst räuspert sich Tommi, zeichnet nervös mit der Fußspitze sinnlose Kreise in den sandigen Boden und beginnt:

„Weißt du, Jockele, über meinen Aufenthalt in der Psychiatrie will ich eigentlich nichts sagen. Die beiden ersten Wochen, nachdem sie mich vom Rummelplatz abgeholt hatten, waren ein Martyrium für mich. Man verlegte mich auf die berüchtigte Station 42, wo alles hermetisch abgeriegelt ist, und fixierte mich auf das Bett. Sie dachten, ich wäre hinter Kindern her, würde sie sexuell belästigen, würde sie gar töten wollen, obwohl sie es doch besser hätten wissen müssen, denn sie kannten ja meine Krankengeschichte zur Genüge. Aber wenn du einmal in dieses

Räderwerk gerätst, dann bleibst du darin gefangen, egal, was du machst. Gibst du dich normal, denken sie, dass du ihnen etwas vorspielst. Simulierst du den Idioten, fesseln sie dich auf die Streckbank wie im Mittelalter. Stell dir mal vor, du wärest an Händen und Füßen bewegungslos und eine Fliege turnte auf deiner Nase herum. Du würdest vor Qual schreien. Und genau das erwarten sie von dir. In jedem Fall aber pumpen sie dich mit Psychopharmaka so voll, dass du selbst nicht mehr weißt, wer du eigentlich bist. Hier ist meine Lebens- und Leidensgeschichte, ich will sie dir erzählen.

Ich hatte einen Bruder, der etwa in deinem Alter damals war. Er sah dir sogar ein wenig ähnlich. Aber das war es nicht, warum ich dich ansprach. Es war deine Kurzsichtigkeit. Mein kleiner Bruder konnte kaum etwas sehen, man musste ständig auf ihn aufpassen, weil er alleine nicht zurechtkam. Damals, vor 10 Jahren, war ich mit ihm auf dem Rummel. Besonders die Auto-Scooter hatten es ihm angetan. Ich hatte ihn auch lenken lassen, er rastete richtiggehend vor Vergnügen aus. Bei dem miesepetrigen Mandelmann kaufte ich ihm, wie dir damals, eine große Tüte gebrannter Mandeln. Er wollte unbedingt anschließend Achterbahn fahren, also stiegen wir ein. Hätte ich mich nur nicht darauf eingelassen. Wir fuhren hoch zum Turm, wo der Wagen kurz anhält, bevor er mit enormer Geschwindigkeit wieder hinab saust. Ich hatte meinen Arm um seine Schultern gelegt, um ihm das Gefühl von Sicherheit zu geben. Er sollte wissen, dass sein großer Bruder auf ihn aufpassen würde. Plötzlich stieß mich jemand von hinten an, als wollte er mich auf etwas hinweisen. Ich drehte mich um, fragte, was denn sei. Die Frau, die mich angestoßen hatte, hielt die Augen weit aufgerissen, schrie wie verrückt. Der Platz neben mir war leer, mein Bruder nicht mehr da! Seine Tüte mit Mandeln war ihm in der Aufregung, dass er jetzt Achterbahn fährt, aus der Hand gerutscht und zu Boden gefallen. Als er sich nach ihr bückte, knallte er mit der Stirn auf den eisernen Haltebügel. Seine Brille rutschte von der Nase und er verlor damit die Orientierung. Dann fiel er aus dem fahrenden Wagen. Es war wie in der Hölle. In vollem Tempo rasten wir über ihm, der da so seltsam verdreht zwischen den Gleisen lag, vorbei. Bremsen war ja überhaupt nicht möglich. Noch einmal fuhren wir, weiter unten angekommen, direkt an der Unglücksstelle vorüber. Seine kleine, dicke Brille hing nun quer über seinem Gesicht, ein Glas war zerbrochen. Sonst war keine Verletzung zu sehen, außer dass er tot sein musste, weil seine Gliedmaßen so verrenkt aussahen. Kaum hatten wir angehalten, wollte ich auf die Gleise zu ihm, aber jemand schlug mir einen Stock über den Kopf, sonst wäre ich gelaufen und von einem der folgenden Wagen überrollt worden."

Tommi kann nicht mehr weiter sprechen, schluckt. Sein Kehlkopf hüpft wie ein Tennisball. Jockele fasst seinen Arm, legt ihn sich um seine eigene Schulter. Nach einer langen Weile berichtet Tommi leise weiter.

„Meine Eltern machten mich für den Tod meines kleinen Bruders verantwortlich. Natürlich war ich daran schuld, ich habe es mir nie vergeben. Nachdem ich versucht hatte, mir das Leben zu nehmen, landete ich in der Psychiatrie. Immer abwechselnd geschlossene oder offene Abteilungen. Mit der Zeit lernte ich, damit umzugehen. Mal war ich verrückt, mal normal, soweit man das in der Klapse sein kann. Wer im ‚offenen Vollzug' behandelt wird, darf auch mal raus aus der Klinik. Kann sich was kaufen gehen, darf auch alleine in die Stadt. Wenn mich also die Medikamente mal wieder ruhig gestellt haben, bekomme auch ich manchmal Freigang. Wohl darf ich nicht in die Nähe von Kindern, keineswegs aber mehr auf den Rummelplatz. Drei Jahre war ich folgsam, habe durchgehalten, obwohl ich mich danach sehnte, dich wiederzusehen, mich bei dir entschuldigen wollte. Ich hatte dich damals mit auf die Achterbahn genommen, weil ich den Tod meines Brüderchens irgendwie in meiner Erinnerung rückgängig habe machen wollen. Dabei habe ich dich auch noch in allerhöchste Gefahr gebracht. In der Zeit, als ich ans Bett gefesselt war, habe ich viel geweint. Das Lebensrad eines Menschen läuft niemals rückwärts. Weder kann es angehalten noch beschleunigt werden. Ich war so dumm und so verzweifelt. Aber es war und ist verkehrt. Bitte, verzeih mir, was ich dir zugemutet, dir angetan habe. Wahrscheinlich kannst du das aber gar nicht."

„Das kann ich und das will ich! Wie hieß denn dein Bruder?"

„Joachim."

„So wie ich, Tommi? Auch ich sehe schlecht, brauche immer mehr Hilfe. Deshalb bin ich dein Bruder.

Bitte, lieber Tommi, lass mich dein kleiner Bruder sein! Als Brüder bleiben wir dann für immer zusammen, nicht wahr? Komm, wir fangen alles noch einmal von vorne an! Bevor das Lebensrad wieder zu rollen beginnt und sie uns holen kommen."

Auf dem Juxplatz wirbeln die Lichter, strahlen noch bunter und fröhlicher. Sie gehen am neuen Mandelmann vorbei. Sein unzufriedenes Gesicht wird plötzlich freundlich; er lächelt ihnen sogar zu. Tommi kauft dem Jungen eine große Tüte gebrannter Erdnüsse.

Wieder fahren sie Autoscooter. Weil jedes Auto nur noch einen Sitz hat, darf Jockele ein eigenes haben, muss aber selbst lenken. Obwohl er jetzt älter ist als damals, kann er es nicht besser, begeht die gleichen Fehler. Seine Brille beschlägt, aber das spielt keine Rolle, weil er ohnehin fast nichts sieht. Irgendwie ist für ihn auch der alte Reiz dahin. Außerdem ist er getrennt von Tommi, das verunsichert ihn überdies. Tommi erkennt das Problem:

„Dann lassen wir es eben. Soll ich dir vielleicht wieder einen Teddy schießen?"

Joachim verneint. Er ist zu alt für Schießbudenteddies, ist nicht mehr der kleine Jockele.

„Willst du selbst mal schießen? Ich helfe dir mit dem Gewehr."

Nein, auch das nicht, er kann die Tonröhrchen, an denen die Bären, Puppen, Rosen hängen, nicht sehen, scherzt:

„Ich hätte Angst davor, dem armen Teddy in den Plüschbauch zu schießen."

Die beiden blicken sich an, lachen. Wieder ernst geworden, schlägt Joachim vor:

„Lass uns mit der Achterbahn fahren, Tommi! Magst du?"

Tommi nickt nur. Und dann fahren die beiden Brüder, die sich wiedergefunden haben, ein letztes Mal auf ihrer Achterbahn. Nachdem Tommi mit weichen Knien alleine wieder den Wagen verlassen hat, wirft er die Tüte mit den gebrannten Erdnüssen achtlos irgendwo in eine dunkle Ecke.

ROTWEIN FÜR DIE DAME

Überall stehen Gruppen und Grüppchen, Gläser in den Händen haltend, vor den überdimensionierten Leinwänden. Man amüsiert sich, plaudert, komplimentiert, fachsimpelt. Partystimmung der besonderen Art und auf hohem künstlerischen Niveau. Der Hausherr und Gastgeber dieser Vernissage, der Maler, der sich ganz kühn und unbescheiden „Angelico Cruz" nennt, gestikuliert mit wilden Pinselstrichen, umringt und umschwärmt von etlichen Damen, und erklärt seine Werke und deren Entstehungsgeschichten. Natürlich sind sie unique und superb, wie könnte es auch anders sein. Und ihre theoretische Überhöhung, ihre Werkimmanenz, erschließt sich selbstverständlich nur dem- oder derjenigen, der oder die sich die wahrhafte Mühe gibt, in hermeneutischen Zirkeln immer tiefer in das Innere der sensiblen Künstlerseele vorzudringen, um dort ehrfurchtsvoll zu verharren. So auch Klara Mommsen.

Ihr gefallen seine Bilder. Dunkle, kuhähnliche Großtiere auf böhmisch-grünen Weiden vor einem Himmel, der keine Bläue kennt, eher in schmutziggrauem Titanweiß gehalten ist. Eine ländliche Scheinidylle, eingebettet in eine monochromatische Düsternis und Fremdheit. ‚Ob solche Kühe jemals Milch geben würden?' Klara setzt sich mit der Szenerie auseinander. ‚Würde diese Kunstmilch vielleicht schwärzlich sein, intensiv nach Teer riechen, nach Asphalt schmecken? Symbolisierte der Maler das bedrückende Element einer postindustriellen Agrarwelt, in welcher der Mensch Biosprit aus Kühen pumpt, die zwar nachwachsen, also nachhaltig, aber dennoch nicht wirklich glücklich sind? Floß denn überhaupt Blut in diesen Adern, oder wurden sie von flüssigem Quecksilber durchrollt?' Eine eigenartige Stimmung hält Klara gefangen. ,Besaßen diese Wesen Seelen? Stammten sie aus einer Zeit, in welcher der Mensch noch nicht in jener Welt erschienen war, um, ob als Maler, ob als Schlächter, diese zu beflecken? Mit stinkender Farbe oder mit deren Lebensblut?' Etwas aus Angelico Cruz' Bildern kriecht in Klara hinein, rührt sie an. Wie eine Erlösung wirkt da die Stimme eines Mannes, die sie aus dem Bann der Bildsequenzen befreit:

„Ich sehe, eine Kunstexpertin liest in den Werken wie in einem offenen Lehrbuch. Wie ich soeben hörte, imaginierte der Künstler die Weite der antefluvialen Ebenen unserer Vorzeit. Aber bitte, ich möchte natürlich keineswegs stören."

Während noch Klara ihren Gedanken und intensiven Empfindungen nachhängt, ist eine fremde Person neben sie getreten und lächelt sie an. Ein Herr in weißen Hosen, blauem zweireihigen Blazer und Kapitänsmütze verbeugt sich leicht:

„Erlauben sie, dass ich mich vorstelle: Baldur von Hohenzack. Auch ich gehöre zu den geladenen Gästen dieser außerordentlichen Vernissage. Formidabel!"

Er knallt seine Lackschuhe zusammen, steht stramm wie ein vorbildlicher Soldat und streckt seine Hand zum Gruße aus. Er ist eine sehr männliche, blendende Erscheinung; Klara legt, ohne zu zögern, ihre kleine Hand in seine große, erwidert mit honigsüßer Stimme:

„Angenehm, Klara Mommsen."

Sofort erbietet er sich, ein Gläschen Champagner zu besorgen, ersucht sie jedoch beinahe inständig, in der Zwischenzeit um Gotteswillen nicht wegzulaufen, und kehrt wenig später mit zwei dezent gefüllten Gläsern zurück. Drin perlt zwar nicht „der Witwe Klicko ihre Blase", sondern eben Sekt, aber er ist feinherb und von guter Rheingauer Qualität.

„Auf ihr Wohl, gnädige Frau, und auf den Zufall, der uns hier so wunderbar zusammengeführt hat."

„Sie Charmeur! Sie wissen, wie man mit Damen umgeht. So etwas nenne ich nicht ungefährlich, aber gleichwohl ein herzliches Prosit."

Sie stoßen an, tauschen bedeutungsvolle Blicke, trinken. Baldur von Hohenzack ist geschmeichelt, lacht leicht glucksend, während dabei sein Adamsapfel auf und nieder hüpft. Gemeinsam wie zwei alte Freunde durchwandern sie dann die Ausstellung, finden wechselseitig zu feinsinnigen Kommentaren, scheuen aber auch keine bissigen Bemerkungen, kichern, vergnügen sich, trinken noch das eine oder andere Glas Sekt, welches der aufmerksame von Hohenzack zu besorgen weiß. Tief in ihrem Inneren verspürt Klara ein eigenartiges Gefühl, eine seltsame Lust in sich aufkeimen, deren Ursprung und Zielgerichtetheit sie zu diesem frühen Zeitpunkt noch keineswegs deuten kann. Vielleicht ein leises Verlangen, dieser neuen Bekanntschaft irgendein Leid anzutun, sie gar zu ... Klara muss diese Empfindung fast zwanghaft unterdrücken, sie zurückweisen in die Nischen des Morbiden. Mit gespielter Vertraulichkeit hakt sie sich bei Baldur von Hohenzack ein, und in bester Stimmung verlässt man die Galerie. Draußen verabredet man sich sogleich zu einem gemeinsamen Mittagessen am nächsten Tag, um danach in die jeweiligen privaten Lebenswelten zurückzukehren.

Elsie, Klaras Busenfreundin, ist hin- und hergerissen zwischen Neugier und Eifersucht.

„Kaum lass' ich dich alleine auf so eine Ausstellung gehen, weil ich mal nicht kann, dann kommst du wieder und hast dir sofort einen Galan geangelt! So jung bist du ja wohl nicht mehr, dass du dich aufführst wie ein Teenager, dessen Hormone verrückt spielen."

Klara verzeiht Elsie, die gerade mal drei Jahre jünger ist, die kleinen Spitzen, lockt sie stattdessen:

„Warte nur, bis du ihn kennenlernst, dann werde ich auf deine Hormone achten müssen."

Im Restaurant „Chez Alphonse" ist auf Bestellung ein Tisch für zwei Personen in einer intimen Ecke reserviert. Baldur von Hohenzack hat bereits Platz genommen, als kurz darauf auch Klara erscheint. Ganz der galante Damenmann springt er auf, als er ihrer ansichtig wird. Ein vollendet hingehauchter Handkuss, eine übertrieben tiefe Verbeugung. Baldur, es ist offensichtlich, will Eindruck schinden. Klara übersieht es huldvoll. Er zieht ihr den Stuhl heran, schiebt ihn, nachdem sie ebenfalls Platz genommen hat, leicht wieder nach vorne, dabei wie angelegentlich ihre Schultern leicht berührend.

„Gnädige Frau sehen zauberhaft aus. Was bin ich doch für ein Glückspilz, eine so wundervolle Dame an meinen Tisch laden zu dürfen."

Hohenzack macht im Sitzen erneut eine leichte Verbeugung. Klara winkt ab:

„Hören sie auf, derart dick aufzutragen, Herr von Hohenzack! Nicht, dass es mir nicht gefiele, umschwärmt zu werden. Ich wäre keine richtige Frau, wenn ich nicht geschmeichelt wäre. Natürlich dürfen und sollen sie mir den Hof machen, aber etwas leiser, sanfter, subtiler bitte. Und, wenn ich einen Vorschlag anbringen darf, dann lassen wir uns sofort eine wirklich gute Flasche Rotwein kommen, stoßen nochmals auf den netten gestrigen und den noch schöneren heutigen Tag an und schenken uns wechselseitig das vertraulichere Du."

Hohenzack ist mehr als einverstanden, außerordentlich entzückt. Wenige Augenblicke später nennen sie sich bereits wie alte Freunde Baldur und Klara. Hohenzack, auf seiner Welle des Hochgefühls reitend, schmiedet das Eisen, solange es noch so angenehm warm und geschmeidig ist:

„Verehrte Klara, ich brenne darauf, alles über dich zu erfahren. Ich habe noch nie, ich wiederhole und schwöre, niemals eine derart bezaubernde Dame treffen dürfen. Deshalb ist es mir auch eine Herzensangelegenheit, dich richtig gut kennenzulernen."

„Frauenflüsterer, du!" Klara schlägt kokett nach ihm. „Meine inneren Talente interessieren dich gewiss nicht sonderlich. Du willst doch nur wissen, ob ich verheiratet bin oder nicht. Nein, mein Lieber, ich muss dich enttäuschen, ich bin es nicht. Luftig und ledig, aber nicht billig und einfach zu haben."

Hohenzack ist enchantiert, spielt den Ertappten, lacht glucksend:

„Werte Klara, nichts ist mir lieber auf dieser wunderschönen Welt als die bezaubernde Gelegenheit, um dich werben zu dürfen. Natürlich nur, wenn du es mir gestattest. Dein Wunsch sei mir heiliger Befehl!"

‚Mein Gott, diese Sprache!' Und da ist es wieder, jenes sonderbare Gefühl, ihn zu quälen, bis aufs Blut zu peinigen! Ja, es sind Mordgelüste, niedere, triebgesteuerte Wünsche, die totale Macht über ihn zu gewinnen. Klaras Finger prickeln, während sie Baldurs Handgelenk wie in einem Würgegriff packen.

„Also, mein erster Wunsch wäre, dass du diese furchtbaren Übertreibungen lässt. Wenn du mir den Hof machen willst, und ich schätze das sehr, dann galant und charmant, aber nicht dick und pomadig. Wir Frauen lieben das Vorspiel, aber exquisit und feinnervig. Die Betonung liegt dabei auf ‚Spiel', nicht auf Radau."

Hohenzack zeigt sich zerknirscht, Klara streichelt entschuldigend seine Hand, macht ihre Stimme extra tief und gurrend:

„Holder Baldur, edler Ritter, erlöse das kecke Burgfräulein! Bitte Rapunzel, ihr langes Haar herunterzulassen! Habe Geduld und bedränge sie nicht! Spiele eine Serenade auf der Laute, nicht mit der Posaune! Und ihr Becherchen wird dir freiwillig gereichet. Wollen wir darauf trinken?"

Hohenzack ist versöhnt, lacht glucksend. Nimmt sich vor, diesen widerspenstigen Braten von nun an sanfter zu köcheln. Softgaren bei kleinster Flamme, auf dass er sich, löffelzart und hingebungsvoll, darbiete.

Fortan trifft man sich häufiger, lernt sich besser kennen, vertraut sich zunehmend. Doch nicht ganz freiwillig und ohne Hintergedanken. Zumindest nicht, was Klara betrifft. Sie mag es nicht, wenn sie nicht alles über ihr Gegenüber weiß. Sie will einfach Herrin der Lage sein. Deshalb beauftragt sie auch in Sachen von Hohenzack einen Detektiv, der sich mit diskretem Charme insbesondere in Baldurs ökonomischen Verhältnissen umsehen und –hören soll. ‚Je besser der Mann ausschaut, desto misstrauischer muss frau sein' lautet ihre Lebensmaxime. Klaras Vorahnungen haben nicht getrogen, Baldur ist beileibe kein unbeschriebenes Blatt. Wohl ist er kein Hochstapler – der Adelstitel ist echt – aber Baldur erweist sich als Hasardeur in monetären Transaktionen. Auf gut Deutsch: er spielte. Nicht im Casino, sondern an der Wertpapierbörse. Ein richtiger Zocker, der nicht etwa anonyme Inhaberaktien auf Baisse oder Hausse kaufte und verkaufte, sondern auf die Hebelwirkungen von Derivaten spekulierte. Hatte er Glück, dann verdiente er durchaus nette

Sümmchen, wenngleich er davon nicht reich werden konnte, denn dazu waren seine Einsätze zu klein. Hatte er Pech, verlor er seinen gesamten Spieleinsatz, da er ja auf Sein oder Nichtsein gesetzt hatte. So kommt es, dass er an den Freitagen, wenn der dreifache Hexensabbat die Börsen in helle Aufregung durch das Auslaufen von Terminen versetzt, nicht aufsteht, sondern den ganzen Tag vor Angst fiebernd im Bett verbringt. Er ist dann der Mann, der an manchen Freitagen eben nicht kann. Dank der detektivischen Feinarbeit ist Klara immer auf dem Laufenden. Eigentlich braucht sie nur abzuwarten, denn irgendwann wird Baldur kommen. Muss er sie fragen, um Hilfe bitten, Ausreden erfinden, denn für die meisten Spielertypen stehen die Odds des Lebens eher negativ. Natürlich kommt besagter Tag. Klara ist vorab hinreichend gut informiert, peinigt Baldur wie einst Heimito von Doderer seine Lederbeutelchen:

„Warum ist er heute so still, mein Freund? Er riskiert einen Verweis, denn es ist sehr ungalant, eine Dame zu langweilen. Welche Laus ist ihm denn begegnet? Hat sie nicht gegrüßt? Oder trägt diese Laus einen Unterrock und ich muss eifersüchtig sein? Wer ist sie?"

Baldur druckst herum, sichtlich verlegen. Ist er auch tatsächlich, spielt nicht nur den Zerknirschten, bekennt offen, dass er sich in momentanen finanziellen Nöten befindet. Eine vorübergehende „Schwächephase", wie er es nennt. Klara gibt sich erleichtert, schlägt kokett nach ihm, ist großzügig, wenngleich sich ihre schlummernde Mordlust wieder einmal regt:

„Wenn das alles ist, lieber, teurer Freund, dann erteile ich dir umgehend Absolution. Mammon statt Weib, das nenne ich mannhaft und ritterlich! Da verfügen wir über die besseren Waffen, nicht wahr? Aber Spaß beiseite, Baldur, wie viel brauchst du?"

Baldur von Hohenzack hält den Kopf gesenkt, murmelt eine Zahl. Klara wusste sie bereits vorab von ihrer Detektei:

„Mehr nicht? Das ist alles? Ein kleines, dummes Sümmchen, dem leicht abzuhelfen sein wird. Gott sei Dank, keine andere Frau, auf die ich eifersüchtig sein müsste! Natürlich leihe ich dir diese lumpigen Erdnüsse. Aber", sie macht eine Kunstpause, hält das Samtpeitschchen schlagbereit, „du musst es mir irgendwann einmal zurückgeben. Nicht sehr bald, wohlgemerkt, ich habe es nicht eilig. Sagen wir mal, wenn du wieder flüssig bist und das Geliehene für dich wieder überflüssig geworden ist. Und jetzt darfst du mich auf die Wange küssen und musst dich und mich aufheitern!"

Baldurs gesenkter Kopf geht wieder hoch:

„Sehr, sehr gerne, liebste Klara."

Natürlich zahlt Baldur so schnell er kann zurück, was ihm gegeben ward, doch bald braucht er abermals frisches Geld, etwas mehr als vordem. Gut, dass Klara wirklich sehr vermögend ist, die Summen sind zwar keine wirklichen Peanuts, aber wären für sie durchaus zu verschmerzen. Was sie jedoch nicht lassen kann, ist, ihn sanft mokierend büßen zu sehen:

„Wenn du schon mein Geld nimmst, lieber Freund, dann könntest du mich ja eigentlich auch heiraten. Dann hätten wir beide etwas davon; du brauchtest mich nicht mehr zu fragen, wenn du Verluste machst, und ich wäre alle Sorgen los, das dir Geliehene wiederzubekommen. Aber du würdest lieber meine Freundin Elsie nehmen, gib es nur zu! Aber Elsie ist nicht annähernd so reich wie ich, wird dich nicht retten können. So uneigennützig ist sie übrigens ohnehin nicht."

Natürlich schwört von Hohenzack, dass daran absolut nichts Wahres sei, Klara jedoch vermutet sehr wohl, dass er ein Auge auf Elsie geworfen hat, und die wäre sicherlich keineswegs abgeneigt, über eine mögliche Eheschließung aus ihrem ungeliebten Nachnamen Grünspan eine Frau Baronin von Hohenzack werden zu lassen. Das Problem bei den ganzen Überkreuzungen und Überschneidungen besteht einzig in der Tatsache, dass beide keineswegs begütert sind und sich ein Zusammengehen nicht leisten können. Klara hingegen hat Geld, viel Geld sogar. Ziemlich verlockend für die beiden anderen Parteien. Baldur könnte Klara heiraten und müsste damit auf seine Elsie verzichten, während Elsie weiß, dass Klara im Falle ihres Ablebens sie testamentarisch zur Alleinerbin bestimmt hat. Als gute Freundin hat Elsie in Klaras Unterlagen ein klein wenig herumspioniert und diese wunderbare Verfügung zu ihren Gunsten entdeckt. Was Elsie jedoch nicht wissen konnte, ist, dass Klara sie die sensiblen Unterlagen hat finden lassen. Damit soll Elsie geködert und gekauft werden. Ihr Plan gelingt. Seit jenem Tage ist ihre Zuneigung zu Klara stetig gestiegen, denn Klara ist immerhin drei Jahre älter, und damit wächst auch die Wahrscheinlichkeit, dass ... Aus Elsies Sicht müsste die arme, reiche Klara also sterben, um das Doppelproblem zu lösen. Auf den natürlichen Tod freilich ist kein Verlass. Mögen auch Elsie und von Hohenzack durchaus mit dem Gedanken spielen, gemeinsame Sache zu machen, Klara aus dem Weg zu räumen. Diese hingegen sieht für sich keine Notwendigkeit, vorzeitig abzutreten. Weder freiwillig noch unfreiwillig. Deshalb geht sie in die Offensive, denn sie muss herausfinden, ob es da geheime Absprachen gegeben hat, die sie unbedingt wissen muss. Natürlich könnte sie Elsie sofort wieder enterben, ihr das schwarz auf weiß zeigen und damit den Anreiz eliminieren, dass Elsie in Sachen Mord an Klara aktiv wird. Mit von Hohenzack könnte sie brechen, ihm kein Geld mehr leihen. Dann aber wäre für sie selbst jeglicher Nervenkitzel erloschen; sie liebt es einfach über alle Maßen zu locken: als Frau und als Gönnerin. Aber warum so bescheiden sein? ,Stünde es ihr, Klara, nicht zu, selbst zu töten? Den anderen einfach zuvorkommen. Schneller sein als diese. Es wäre eine Art von Notwehr.' Der Gedanke gefällt ihr. Das ist es, was sie braucht, wonach dieses Gefühl tief in ihrer Seele verlangt. Es will morden! Diese Erkenntnis ihrer wahren Wünsche nimmt Klara gefangen, verlangt nach konkreter Planung: Sie muss Elsie dazu verführen, Fehler zu begehen..

„Stell dir vor, Elsie, ich habe Baldur gestern einen Heiratsantrag gemacht. In glühenden Farben habe ich ihm die Vorteile geschildert, die wir beide von einem herzlichen Zusammengehen hätten, wobei ich insbesondere, wenngleich äußerst diskret, auf seine desolaten finanziellen Verhältnisse verwies. Doch du wirst es nicht glauben, liebste Elsie, er hat zwar nicht rundweg abgelehnt, aber er ist auch nicht darauf eingegangen."

„Wie dumm kann man denn in seiner Situation bloß sein! Damit wären doch seine sämtlichen Geldsorgen mit einem Schlag vom Tisch. Baldur ist ein Tölpel, ich sag's ja immer. Wenn ich er wäre, würde ich sofort und mit Freuden zugestimmt haben."

Sie hat tatsächlich angebissen; Klara triumphiert insgeheim. Elsie aber tut, als überlegte sie angestrengt, wie das angebliche Problem ihrer Freundin zu lösen wäre, wobei ihr Herz vor Aufregung und Angst klopft, Baldur könnte am Ende weich werden und umkippen. Würde er Klara heiraten, wäre Elsies Erbe futsch. Gedankenvoll wendet sie deshalb ein:

„Könnte es sein, dass du mit ihm einen Ehevertrag abschließen willst, welcher ihn in Ketten legen würde und er deshalb nichts davon wissen will? Vielleicht fürchtet er gar, dass du ihm das Spielen generell verbietest. Männer haben in derlei Dingen ganz erhebliche Potenzprobleme, weißt du."

„Das würde ich niemals machen, dazu bin ich zu konservativ. Aber er scheint wirklich nicht zu wollen. Mein Angebot war zu großzügig, um nicht angenommen zu werden. Nein, nein, Elsie-Schatz, er zögert und lässt mich zappeln, weil er in Wahrheit dich haben will. Mein Geld lockt, aber du reizt ihn mehr!"

Elsie wehrt entrüstet ab, aber Klara wäre keine Frau, wenn sie nicht hinter Elsies Lärvchen blicken könnte. Ihre Freundin braucht gar nichts zuzugeben, was Klara nicht ohnehin schon wüsste. Wesentlich interessanter als Elsies Dementi ist jedoch, dass sie mit dieser lapidaren Mitteilung über von Hohenzacks angeblichem Zaudern Elsie unter Zeitdruck gesetzt hat. Die Folgerung ist logisch und kongruent: Heiratet Baldur Klara, dann wären sowohl sein Adelsname als auch Elsies potenzielles Erbe für sie unwiederbringlich dahin. Insofern kann Klara förmlich sehen, wie es in Elsie arbeitet. Diese wird sich beeilen müssen, von Hohenzack möglichst rasch und wenig diskret ins Boot und ins Bett zu holen, bevor es für beide zu spät ist. Über Elsies Stirn flattern die Gedanken wie nächtliche Fledermäuse. Klara spürt ihre Erregung sogar körperlich, denn Elsie kippt den alten Rotwein, den sie sonst noch genüsslich über ihre Katzenzunge hätte rollen lassen, mit einer heftigen Bewegung die Kehle hinab. Als sie sich endlich bewusst wird, dass Klara sie beobachtet, heuchelt sie erneut die Entrüstete:

„Baldur sollte herzlich froh sein, dich heiraten zu dürfen. Was bildet der sich denn eigentlich ein? Männer sind so was von blöd. Ich dagegen würde sogar auf meine ...“

Hier stockt sie, will nicht zu dick auftragen, hat „Erbschaft“ sagen wollen. Das hätte sie verraten, denn offiziell weiß sie ja nichts davon, dass sie von Klara bedacht worden ist. Stattdessen fährt sie fort, sich über von Hohenzack zu echauffieren, höhnt:

„Dummer Mann, der! Ihm fliegen die gebratenen Tauben in den Mund, und was macht er? Verschmäht dich, liebe Klara. Nicht unbedingt charmant, nenne ich das. Gib ihm einfach das nächste Mal kein Geld! Lass ihn zappeln und sich ängstigen! Auf die Knie mit ihm! Und", sie fährt fort, „wenn das alles nichts fruchtet, dann wird er eben die Guillotine besteigen müssen!"

Klara wird wieder vom Teufelchen geritten, spielt mit Elsies elementaren Befürchtungen:

„Nein, Elsie-Schätzchen, das werde ich nicht zulassen. Im Gegenteil. Mein Plan ist bereits gefasst. Natürlich wirst du dann auf ihn verzichten müssen, aber da dies dir nicht schwerfällt, wie du mir glaubhaft versichert hast, packe ich ihn dort, wo es richtig weh tut. Ich beabsichtige, ihn mit einer größeren Summe zu ködern, die er dann verspielen wird, ohne Aussicht auf Rückzahlung. Er wird auf allen Vieren gekrochen kommen, weil er einsehen muss, dass der Weg zu frischem Geld nur über das Ehebett führt. Ich kaufe ihn mir einfach, Elsie. Seinen Titel, seine etwas verrückten Manieren, sein gutes Aussehen, seine Manneskraft!"

Klara leckt sich die Lippen wie eine rollige Katze, trinkt wie vordem Elsie einen tiefen Schluck Rotwein, schenkt für beide nach:

„Du wirst meine Trauzeugin, liebste Elsie. Wir zwei alte Schachteln werden uns angemessen auf jung und appetitlich hinbrezeln. Mein Baldur wird für seinen Honig tanzen müssen. Und danach werde ich ihm diese elende Spiellust auf immer austreiben, das versichere ich dir!"

Das ist eine deutliche Drohung, die Elsie versteht. So aufgeregt ist sie, dass sie von dem guten Rotwein über ihr rosa Twinset kleckert. Sie merkt es gar nicht, muss sofort mit Baldur sprechen.

Noch in derselben Woche trifft die aufgeheizte und übernervöse Elsie auf einen gleichermaßen erregten Baldur von Hohenzack. Offenbar ist Klara in der Zwischenzeit nicht untätig geblieben, hat, ganz gegen ihre sonstige generöse Art, den armen Baldur unter erheblichen Zugzwang gesetzt. Das heißt, sie hat das angekündigte Mittel gewählt, mit dem sie hofft, Baldur gefügig machen zu können. Genauer gesagt, hat sie zwei Instrumente simultan eingesetzt. Vor einiger Zeit hat sie einen befreundeten Finanzberater, der solche „Klienten" wie den von Hohenzack betreut, damit beauftragt, ihren Baldur zu einer hochgradig spekulativen Wette auf Futures zu bewegen. Für jeden, der kühl zu rechnen vermag, ist es unmittelbar einsichtig, dass der DAX unter dem Ansturm der hektischen Finanzmärkte einknicken wird. Baldur, der unbedingt seine aufgelaufenen Schulden bei Klara zurückzahlen will, muss in die hochriskante Hausse gehen, weil allein dort ein gewaltiger Gewinn zu winken scheint. Natürlich tappt er in die „Bärenfalle", muss seinen Wetteinsatz auslaufen lassen und abschreiben. Da er, wie stets, auf Pump spekuliert hat, wird der aufgenommene Kredit sofort fällig gestellt. Da er ihn aber unmöglich bedienen kann, muss Baldur erneut betteln gehen. Bei Klara, wo sonst? Aber die alte Freundin ist offensichtlich nicht nur leicht indigniert, unterlässt sogar ihre keck-koketten Schläge mit der kleinen Hand, tadelt auf Englisch und wechselt in den Pluralis Majestatis, ein Zeichen ihrer ernsthaften Ärgerlichkeit:

„We are not amused, dear Baldur! Ganz und gar nicht. Weil wir keine Spieler mögen, die ihre Grenzen nicht mehr erkennen können. Nein, wir sehen uns nicht in der Lage, ihm erneut auszuhelfen. Halte er es deshalb wie bei Dostojewski: Erschieße er sich!"

Elsie ist außer sich vor Empörung, als von Hohenzack ihr von dem misslungenen Canossa-Gang bei Klara berichtet.

„Wir müssen handeln, Baldur, rasch! Klara hat hier eindeutig den Bogen überspannt. Ist das Freundschaft? Nein! Lässt einen Menschen, der in ehrenwerten Absichten durch die Unwägbarkeiten der Märkte um sein gutes Geld gebracht worden ist, fallen! Besitzt sie denn überhaupt kein Herz? Rät dir, sich selbst totzuschießen! Bedauernswerter Mann! Jetzt gilt es, Pläne zu machen, gegenzusteuern! Wir können nicht tatenlos zusehen, wie sie uns vernichtet. Wir müssen handeln!"

Baldur von Hohenzack ist am Boden zerstört:

„Ruiniert! Klara hat recht. Ich selbst bin es, der für dieses Desaster die alleinige Schuld trägt. Niemand hat mich gezwungen, jeder hat mir davon abgeraten. Wie dumm konnte ich sein, gegen den Strom schwimmen zu wollen? Nackte Geldgier trieb mich dazu. Natürlich wollte ich meine Schulden bei Klara mit den erwarteten Gewinnen ausgleichen, sie zum

Dank in ein nobles Lokal ausführen, mit ihr danach tanzen gehen. Vorbei, vorbei. Dostojewski ruft! Ich werde Klara heiraten müssen."

Er stöhnt, vergräbt das Gesicht in seinen großen Händen. Tröstend legt Elsie ihren Arm um seine zuckenden Schultern. Klara wäre das nicht passiert, sich von einem schlecht schauspielernden Baldur derartig einlullen zu lassen, aber Elsie befindet sich selbst in einem Ausnahmezustand. Das trübt ihre Sinne, macht sie angreifbar für eine subtile Gegenstrategie. Baldur ist von Klara zum Agenten umgepolt worden. Keineswegs wäre sie so unmoralisch, Baldur, den sie ja bewusst in dieses Abenteuer von ihrem Finanzberater hat treiben lassen, über Gebühr lange hinzuhalten. Nein, sie hat ihm einen Deal offeriert, den er in seiner Zwangslage gar nicht hat ablehnen können. Er muss Detektiv spielen, für Klara herausfinden, was Elsie im Schilde führt, um rechtzeitig Gegenmaßnahmen ergreifen zu können. Natürlich birgt ein solches Vorgehen auch das Risiko in sich, dass Baldur nur zum Schein an Klaras Seite steht und insgeheim doch mit Elsie gemeinsame Sache macht. Doch Klara vertraut auf ihre femininen Instinkte, die männliche Lügen bereits in ihrem Entstehen wittern können. Zudem kontrolliert sie Elsie, wann immer sie mit dieser zusammen ist. Und schließlich ist da noch die Detektei, die ordentliche Arbeit leistet.

Elsie entwickelt für Baldur ihren Plan, Klara wegen ihres abscheulichen Verhaltens zu bestrafen und sie deshalb ins Jenseits zu befördern. Stellte sich nur die Frage, wer von ihnen beiden die Tat vollziehen würde. Baldur wehrt ab, will nichts davon wissen, seufzt dennoch melodramatisch und kummervoll. Verständlicherweise befeuert das Elsie, bringt sie in Rage, in Raserei. Ungespielt und ungekünstelt.

„Da siehst du es! Du bist ein gebrochener Mann, weil sie es so will. Ich aber empfinde weit mehr als nur Mitleid mit dir, Baldur, denn ich bin eine Frau und nicht so eine Teufelin, die einem Mann wie dir derart makabre Ratschläge erteilt. Ich verrate dir jetzt ein Geheimnis, lieber Baldur, das für dich die ganze Angelegenheit in ein komplett neues Licht tauchen wird."

Und Elsie entdeckt ihm, dass sie die Alleinerbin sein wird. Klara hat sie testamentarisch bedacht. Elsie wird Klaras Vermögen erben. Ohne weitere Umschweife lässt sie ihn zudem wissen, dass sie durchaus mehr als nur Zuneigung zu ihm empfindet und es darum vorteilhafter für ihn sei, sich mit ihr zu verbünden. Wieder dieser diskrete Wink mit dem Geld. Käufliche Liebe! Baldur wird offensichtlich immer wichtiger, vom Eckstein zu einem Edelstein. Er begreift, dass er ebenfalls an den Fäden ziehen kann. Auch Elsie will ihn kaufen mit der Verlockung, dass er auf ein Vermögen zusteuert, das ihm in den Schoß fällt, wenn er es nur geschickt genug anstellt. Erst müsste er Klara töten und danach könnte er Elsie heiraten. Wenn er mit Elsie erst verheiratet wäre und diese würde hinterher sterben, dann wäre er als ihr Ehemann der natürliche Alleinerbe. Sowas in der Art könnte ihm gefallen.

In Baldurs Kopf dreht sich alles. Diese Sache mit der Erbschaft hatte ihm Klara interessanterweise verschwiegen. Das sprach eindeutig gegen sie und ihre angeblich lauteren Absichten. Elsie hingegen hatte sich ihm geoffenbart, ihm ihr Geheimnis verraten, hatte sich ihm und seiner Diskretion doch offensichtlich völlig ausgeliefert. Oder etwa nicht? Trieb sie möglicherweise ebenfalls ein falsches Spiel? Denn was wäre, wenn sie ihn nur als Mittel zum Zweck missbrauchte, ihn am Ende leer ausgehen ließe? Andererseits könnte er Klara tatsächlich heiraten, sie dazu bewegen, ihr Testament zu seinen Gunsten zu ändern, um sie sodann umzubringen, ohne den Umweg über Elsie nehmen zu müssen. Dann wäre er Herr über das Vermögen, könnte Elsie zu gänzlich veränderten Bedingungen heiraten oder dies auch lassen.

Seine Entscheidung fällt; Baldur von Hohenzack wird zum Doppelagenten, willigt in Elsies Plan ein. Für sich selbst beabsichtigt er, vorerst niedriges Profil zu zeigen, nichts zu überstürzen. Schließlich geht es ihm, von den Prioritäten her gesehen, um nicht weniger, als von seinen Schulden bei der Bank und Klara herunterzukommen. Doppelagent zu werden, mag zwar schmeichelhaft sein, doch davon kann man nur leben, wenn die unterschiedlichen Seiten ihn ordentlich bezahlen. Seine neue Komplizin Elsie kann das nicht, was sie darum weniger attraktiv macht; Klara übernimmt auch vorerst die Schulden. Freilich wieder nicht ganz uneigennützig. Baldur wittert, dass ihn Klara an die kurze Leine legen wird, sobald sie seiner per Trauring habhaft werden kann.

Klara besucht ihre Freundin Elsie. Nicht ohne Grund kommt sie und nicht mit leeren Händen. Doch ihre Absichten sind nicht gerade lauter zu nennen, da sie die Sache zu forcieren gedenkt. Ja, auch Klara ist eine Spielerin, deshalb versteht und hilft sie dem Baldur. Aber sie zockt nicht des Mammons wegen oder weil sie muss, sondern ihre Spielwiesen sind die Menschen selbst mit ihren inneren Topographien, den Gebirgen aus Sorgen, den öden Ebenen der Langeweile. Was sie sucht, ist der Kitzel, wenn alles auf den Kulminationspunkt zutreibt. Wenn die Akteure vielleicht lieber abwarten möchten, aber von den Ereignissen quasi überrollt werden und ungeahnte Kapriolen schlagen müssen. Wenn sie sich in den Netzen verfangen wie ängstliche Fischschwärme. Wenn sie an den Fangeisen zerren, in die sie törichterweise getreten sind. Klara will die Menschen zwingen, Farbe zu bekennen, ihre Charaktermasken fallen zu lassen. Je nach Lage erfordert das entweder viel Fingerspitzengefühl oder einen heftigen linken Haken. Natürlich könnte Klara bequem aussteigen. Baldur könnte wieder in die Wüste zurückgeschickt werden, aus der er kam, um Klara in der Vernissage zu treffen. Was gingen sie seine Schulden an? Damit entfielen auch die Motive, sie zu töten. Mit deren Wegfall allerdings zöge dann aber erneut Langeweile in Klaras Leben, eben jene Öde des ewigen Einerlei, welches sie bei anderen so genau studiert. Sie muss es also tun, um dieser Strudel zu sein, in welchen die anderen gerissen werden und worin sie ertrinken. Folglich muss sie Elsie und Baldur morden, bevor sie von den beiden getötet wird.

So einfach ist das. Deshalb taucht Klara bei ihrer Freundin auf, um weitere Schritte einzuleiten:

„Elsie, Liebes, ich werde Baldur heiraten!"

Eine Granate hätte nicht heftiger in die völlig perplexe Elsie einschlagen können. Klara setzt zufrieden nach:

„Baldur ist in großen finanziellen Schwierigkeiten. Wesentlich größer, als er ahnt. Ich kann nicht zulassen, dass er sich total verausgabt. Jemand muss ihn an die Kandare nehmen. Schwache Männer brauchen starke Frauen an ihrer Seite. Liebende Frauen, die auf sie aufpassen wie auf kleine, wilde Buben, und auch streng sein können wie englische Nannies oder französische Gouvernanten. Im Vertrauen, Elsie, er ruiniert sonst auch mich noch. Beinahe mein halbes Vermögen habe ich ihm schon gegeben."

Natürlich stimmt kein Wort von alledem. Dennoch seufzt Klara theatralisch, öffnet ihre schicke Prada Clutch, zieht irgendeinen Kontoauszug daraus hervor:

„Hier! Willst du sehen? Das geht nicht mehr lange gut, dann wartet Dostojewski auch auf mich. Immer dann, wenn ich Baldur Geld leihe, spiele ich automatisch mit und werde am Ende alles verloren haben."

Das sitzt! Elsie sieht sich bereits als verarmte Baronin von Hohenzack oder, schlimmer noch, als düpierte Erbin ohne Erbe. Klaras Erbe ist ihr testamentarisch zugesichert worden und dieser Baldur hat es verschwendet. Verspielt! Was ihr bestenfalls bliebe, wäre ein Titel ohne Mittel. Ein wahrlich garstiger

Gedanke! Also muss nicht allein Klara dran glauben. Sie nicht allein! Interessanterweise ziehen die gleichen Gedanken durch Baldurs Kopf; nur ist es Elsie, die ebenfalls sterben muss, damit er allein in den Genuss ihres ererbten Vermögens kommt. Klara hat ganze Arbeit geleistet: ein Mörderpärchen, das sich zu Tode liebt! Doch noch ist Klara extrem gefährdet, denn ihre Chancen stehen leider nur 1:2. Doch mit vollem Einsatz von Geld und falschen Versprechungen gedenkt sie, diese zu ihren Gunsten zu manipulieren. Um jedoch auszuschließen, dass Elsie sie tatsächlich beerbt, nachdem sie Klara umgebracht hat, ändert sie ihr Testament gleich zweimal hintereinander. Zuerst einmal ist Baldur nun offiziell der Nutznießer von Klaras Ableben. Bei einer Einladung zu sich nach Hause wird sie für ihn die notariell beurkundete Verfügung gut sichtbar auf einem Sideboard im kleinen Salon liegen lassen. Baldur wird entzückt sein und seine heißen Gefühle für die nun nicht mehr reiche Erbin Elsie dürften schlagartig abkühlen. Doch Baldur wird sich zu früh freuen, denn dieses Testament ist längst durch ein anderes, neueren Datums widerrufen. Auch er profitiert demnach keineswegs durch Klaras Ermordung. Freilich bannt dieses Nichtwissen um die wahre testamentarische Begünstigung nicht die tödliche Gefahr, die von Elsie und Baldur gleichermaßen ausgeht. Macht aber nichts, denn Klara findet diesen Nervenkitzel höchst aufregend. Da sie keineswegs der Opfertyp ist, wird sie den beiden auch nicht die Regie der Dramaturgie überlassen, sondern selbst handeln.

Klaras 75. Geburtstag naht und die diversen Waffenarsenale werden darauf überprüft, inwieweit sich Taugliches darin befände. Die Jubilarin hat zum Kaffee in ihre Villa eingeladen, und der kleine Freundeskreis findet sich auch pünktlich ein. Doch noch ein dritter Gast ist gekommen, wesentlich früher; Klara scheint ihn noch verstecken zu wollen.

Baldur, heute nicht in seiner uniformen Kombination mit weißer Hose und dunkelblauem Kapitänsblazer, sondern in einem schwarzen Anzug mit silberner Krawatte. Wie vorher zwischen den beiden abgesprochen, erscheint auch Elsie in einem schwarzen Kostüm, nur wenig aufgehellt durch eine weiße Bluse mit niedlichen schwarzen Polka Dots. Natürlich rufen diese feierlichen Outfits scherzhafte Kommentare seitens der Gastgeberin hervor:

„Meine Lieben, seid sehr herzlich begrüßt und willkommen geheißen. Aber sagt, ist der Anlass meines Älterwerden denn ein solch trauriger, dass ihr fast wie bei einem Begräbnis gewandet seid?"

Selbstverständlich verneinen beide unisono, betonen, sich der Würde dieses besonderen Tages durchaus bewusst zu sein. Die Jubilarin führt die Konversation in leichtem Plauderton:

„Dann lasst uns erst einmal Kaffee trinken und danach gehen wir zum gemütlichen Teil mit feinem, alten Rotwein über. Doch zuvor müsst ihr mein Geburtstagsgeschenk an mich selbst gebührend bewundern."

Klara führt ihre Gäste in den kleinen Salon. In einer Ecke neben dem Panoramafenster befindet sich ein rundes Rokoko-Tischchen mit dazu passendem Sessel. Von dort aus kann man auf der gegenüber liegenden Zimmerseite eine seltsam bemalte Leinwand ohne Rahmen betrachten. Stolz weist Klara auf ihre neueste Errungenschaft:

„Obgleich es unverschämt teuer war, habe ich es mir gegönnt. Bereits damals, als ich Baldur bei der Vernissage von Angelico Cruz kennenlernte, hat dieses Bild an meine dunklen Instinkte appelliert. Deshalb musste ich es unbedingt haben."

Ganz offenkundig hat das Werk ihre Gäste in stumme Ehrfurcht versetzt, wobei unklar bleibt, ob sie das Gemälde bewundern oder sich vor ihm grausen. Jedenfalls zeigt es eine dieser kuhähnlichen Geschöpfe, die der Maler Angelico Cruz geschaffen hat. Aus dem Euter dieses Traumwesens, ganz in sinistrem Blau gehalten, rinnt eine dunkelrote Flüssigkeit in einen gleichfalls dunklen Eimer, aus dem eine gesichtslose Frauengestalt mit einer Kelle schöpft, um zu trinken

Klara übernimmt die Erklärung:

„Das Bild wurde vom Künstler mit ‚Die Ricin-Trinkerin' betitelt. Als ich ihn um eine Erklärung bat, weil ich mir darunter rein gar nichts Konkretes vorstellen konnte, da legte dieser nur verschwörerisch den Finger auf seine Lippen und symbolisierte mit seinem Mund ein vergebliches Schnappen und Ringen um Atem. Mehr wollte er mir nicht verraten."

Aber Klara hat recherchiert:

Bei Ricin handelt es sich um ein hochtoxisches Pflanzengift gewonnen aus den Samen des Wunderbaums, auch Christuspalme (Palma Christi) genannt. Der oft blau bereifte, stark verzweigte Stängel hat eine grünliche bis rötliche Farbe. Die Giftigkeit liegt bei 0,00002 mg/kg Körpergewicht.

So weit zur Erklärung, dass die Ricin-Trinkerin auf dem Bild ihren Genuss nicht überleben wird. Klara wendet sich wieder von dem großformatigen Werk ab, hat persönlich mit diesen giftigen Dingen und ihren hässlichen Farben ganz offensichtlich nichts zu tun. Heute trägt sie ein moccafarbenes Etuikleid mit schicken Peep Toe-Stiefeletten. Zudem hat sie sich vom Coiffeur ein paar farblich passende Strähnchen in ihr weißes Haar modellieren lassen, sodass sie weitaus jünger und agiler wirkt als ihre etwas steifen Gäste.

„Wenn ihr wollt, könnten wir jetzt zum gemütlicheren Teil übergehen. Baldur, wenn du so liebenswürdig sein willst. In der Küche habe ich bereits eine Flasche Château Clochemerle Prémier Grand Cru 1972 dekantiert, damit dieser wundervolle Tropfen schon mal guten Sauerstoff voratmen kann. Wenn du uns allen davon kredenzen könntest?"

Natürlich kann Baldur das, die Gelegenheit passt „wie die Faust aufs Gretchen". Einer seiner Lieblingssprüche, nicht sehr klug, nicht gerade charmant, aber eben Baldur. Auffällig lange bleibt er weg, weil er etwas umständlich mit dem Giftfläschchen hantiert, aus dem er zehn abgezählte Tropfen in Klaras Glas fallen lässt. Dann werden die drei Kelche mit dem wertvollen Rotwein gut aufgefüllt, wobei etwas weniger Wein durchaus dezenter und angemessener gewesen wäre. Doch Baldur fürchtet, dass Klara das leichte Bitteraroma in der geringeren Quantität herausschmecken könnte. Konsequenterweise trägt ihm das sofort den milden Spott der Gastgeberin ein:

„Wo bleibst du denn so lange? Hast du schon mal ein Gläschen vorab auf mein Wohl geleert? Aber ordentlich vollgeschenkt hast du! Sehe ich so durstig aus? Du meinst es wirklich zu gut mit mir, mein lieber Baldur. Meine kleine Leber wird es dir gewiss danken."

Baldur von Hohenzack ist kein sonderlich guter Schauspieler, wird rot, wirkt wie ertappt. Seine größte Sorge ist es, dass Klara etwas riechen, einen Verdacht schöpfen könnte. Er windet sich wie ein Aal, sucht nach Ausflüchten, stottert. Fast mütterlich muss Klara ihn wieder beruhigen:

„Na, komm schon, ist doch nichts passiert. Du errötest noch wie ein Pennäler. Das mag ich an Männern, wenn in ihnen wieder die kleinen Buben erwachen, wenn sie den Mädels unter die Röcke schielen. Lass ja meinen Wein stehen! Das Gläschen werde ich doch mit Leichtigkeit schaffen."

Und wie zur Bestätigung ihrer Aussage, lässt Klara ihr Kleid etwas über ihre Knie hochrutschen, was Baldur beinahe dazu bringt, das Tablett mit den Gläsern fallen zu lassen. Die beiden Damen lächeln ihm aufmunternd zu. Klara hebt ihr Glas, bringt einen kecken Toast aus:

„Nun denn, meine zwei guten Freunde, trinken wir auf unser gemeinsames Wohl und ein langes, erfülltes Liebesleben."

Die drei erheben ihre Gläser, doch während Elsie und Baldur bereits trinken, zuckt Klara, als wäre sie von einem Insekt, einer Fliege vielleicht, belästigt worden. Es hat jedenfalls den fatalen Effekt, dass aus dem wohlgefüllten Glas etwas Wein überschwappt und ihr elegantes Kleid bekleckert. Hastig setzt sie es auf dem Tisch ab, wischt mit dem Spitzentaschentuch über die roten Tropfen und verschlimmert so den Schaden.

„Wie dumm! Wie ungeschickt von mir! Muss ich erst so alt werden, um das korrekte Trinken zu verlernen? Ausgerechnet vor meinen lieben Gästen! Bitte, entschuldigt vieltausendmal, ich gehe sofort, mich umzuziehen. Ich bin gleich zurück. Bitte, genießt unterdessen den guten Wein, je m'excuse."

Als Klara nach etwa 10 Minuten wiederkommt, jetzt aber angetan mit einer ledernen Metzgerschürze, weißen Gummistiefeln und einem breiten Schlachtermesser, sind Elsie und Baldur bereits tot. Insofern erübrigt es sich, im Bedarfsfalle noch etwas nachhelfen zu müssen. Der von Klara zuvor in der Karaffe vergiftete Wein hat seine Wirkung gezeigt. Baldur hatte offenbar noch seine silberne Krawatte lockern wollen, während Elsies Finger noch an ihrer Bluse genestelt hatten. Doch Klara war ganz auf Nummer sicher gegangen, hatte das stärkste Gift gewählt, dessen sie habhaft werden konnte. Es handelt sich um das Botolinustoxin aus dem Bakterien-

stamm Clostridium Botulinum. Bereits alleraller-
kleinste Mengen würden einen Elefanten on the spot
töten. Wenn Klara, während sie die leblose Elsie und
den nicht minder toten Baldur betrachtet, sich vorstellt, wie viele Frauen und Männer es gibt, die aus
purer Eitelkeit sich diese Substanz zur Gesichts- und
Faltenglättung injizieren lassen, dann wird ihr ganz
schlecht. Immerhin beträgt die Toxizität 0,00000003
Milligramm per Kilogramm Körpergewicht. Klara ist
sich sicher, dass dieses, in kleinsten Dosen selbst von
erfahrenen Ärzten verabreichte *Botox*, irgendwann
den Körper in seiner Häufung vergiftet. Neugierig
riecht sie an ihrem Glas, das noch fast voll ist. Noch
im Nachhinein schimpft sie entrüstet:

„Dieser Baldur gehörte mit seinem eigenen Gift
nochmals getötet! Wie human bin dagegen ich vor-
gegangen. Dachte ich es mir doch: Schierling! Da
wäre es mir aber wirklich schlecht ergangen. Da
zahlt es sich doch aus, dass ich mich vorneweg bereits mit diesen edlen Zutaten kundig gemacht habe."

Die Blüten des Gefleckten Schierlings (Conium ma-
cuistum) stehen in Dolden, die aus 7 – 15 Strahlen
bestehen. Die Pflanze riecht unangenehm nach Mäu-
sepisse.

Wirkung: Bei einer Vergiftung kommt es zu Bren-
nen im Mund, zu erhöhtem Speichelfluss, Schluckbe-
schwerden und Lähmung der Zunge. Der Vergiftete
leidet unter starkem Erbrechen, unter Durchfall und
Schweißausbrüchen. Aufsteigende Lähmung in den
Beinen, die sich über den ganzen Körper fortsetzt. Der

Tod kann schon nach 30 Minuten eintreten. Der Patient ist dabei meist bei vollem Bewusstsein.

„Die Dosis, die Baldur noch zusätzlich zu meinem Gift beigemischt hat, hätte ich keineswegs überlebt. Nur gut, dass ich ein solch ungeschicktes Weib bin und tollpatschig meinen Wein verschlabbert habe."

Noch in ihrer martialischen Metzgerkleidung geht Klara hinüber in ihr Schlafzimmer. Dort, wie schlafend, liegt Angelico Cruz. Seine Augen blicken starr zur Zimmerdecke hinauf. Recht ist auch ihm geschehen, diesem seltsamen Freund des Hauses. Konnte den Rachen nicht voll kriegen. Undankbar! Klara hatte bei ihm ein Bild in Auftrag gegeben, will ihn unterstützen, protegieren. Mit seiner Wirkung auf Frauen hat Angelico Cruz auch bei Klara Erfolg, ohne dass Baldur oder gar Elsie das Geringste bemerkt hätten. Aber er begeht gleich zwei Fehler; den einen sieht sie ihm noch nach, doch der andere wird ihm zum Verhängnis. Nicht nur, dass sie ihm das besagte Bild für mehr als das Doppelte des üblichen Preises, also bei weitem überteuert, abkauft. Nein, für Angelico Cruz hat sie auch ihr Testament geändert. Zwar durchaus wie bei Elsie und Baldur, um ihn zu ködern und zu kaufen. Aber, anders als bei Baldur, eben auch aus Liebe. Diese hat sie ihm gestanden, und er hat sie angenommen. Aus freien Stücken. Doch die Pfade trennen sich wieder. Klaras Liebe, so uneigennützig sie auch ist, macht sie keineswegs blind. Denn als Angelico Cruz das bestellte Werk abliefert und eitel auf die innewohnende Symbolik verweist, da wird Klara misstrauisch. Ganz offensichtlich wollte er das versprochene Erbe sofort. Deshalb liegt er nun hier, und sie steht, schaut auf ihn, hält ihm eine kleine, traurige Totenrede:

„Warum hast du nicht warten können? Ging es dir nicht schnell genug? Oh, mein Lieber, ich bin heute 75 Jahre alt geworden. Hast du das vergessen? Bei mir handelt es sich nicht mehr um den Herbst des Lebens, hier droht mit jedem neuen Tag der Wintereinbruch! Ja, ich wollte dich an meiner Seite, zugegeben. Aber keineswegs, um dich zu dominieren. Nein, ich hätte mich klein gemacht, mich geduckt. Wäre nur gekommen, wenn du mich gerufen hättest. Ohne Vorwürfe würde ich auf dich gewartet, keine Eifersucht gezeigt haben, wenn dich die anderen Frauen anhimmeln und du dich in deren Bewunderung sonnst. Ich war für dich da. Meine Seele hast du mit deinen Bildern berührt, meinen Körper hättest du nicht anfassen müssen. Ich wäre auch so durch dich glücklich geworden. Doch ganz ohne Liebe, weder nach innen noch nach außen, geht es nicht! Nicht einmal bei mir, und ich bin bescheiden. Warum musstest du es mir so schnell zu verstehen geben, dass ich dir nichts bedeute? Du hättest mich doch langsam töten, mir die Illusion lassen können. So aber musste ich mich sogar deiner erwehren! Es hat mich erschüttert, als du das Bild brachtest, welches du für mich gemalt hast, und ganz beiläufig dazu bemerktest, dass es sich gewiss nur um eine Leihgabe handele. Nach meinem Tode würdest du es dann wieder zurücknehmen. Nun, dazu wird es nicht mehr kommen: Dein Farbeimer ist übergelaufen!"

Angelico Cruz verdient es nicht besser. Klara hat, wie schon bei Elsie und Baldur, seine Strategie durchkreuzt, ihren Geburtstag bereits vorab mit ihm „gefeiert" und ihn dabei selbst zum Ricintrinker werden lassen. Das tödliche Gift wirkt augenblicklich. Ungerührt nimmt Klara jetzt das nicht ganz geleerte Rotweinglas vom Nachttisch und schüttet den Rest in die noch halbvolle Karaffe, aus der Baldur sich schon bedient hatte. Dann schließt sie das kostbare Stück sorgfältig weg, denn es dürfte möglicherweise bald wieder gebraucht werden.

Ohne falsche Pietät vor dem leb- und lieblosen Angelico Cruz entledigt sich nun Klara ihres Metzger-Outfits und schlüpft in ein doch etwas dezenteres langes, weich fallendes Seidenkleid. Im kleinen Salon nimmt sie am Rokoko-Tischchen Platz. Versonnen wandern ihre Blicke zwischen den beiden toten Freunden auf dem Sofa und der Ricin-Trinkerin auf der Leinwand hin und her, während sie mit allerhöchstem Genuss ihren „Petrus 1962" goutiert und dabei tiefgründig philosophiert:

„Alte Rotweine sollte man stets nur alleine genießen. Zu leicht besteht die Gefahr, dass man sonst selbst nicht so alt wird!"

MÖRDER GESUCHT

In der Oberstufe tobt eine heftige Debatte. Der Leistungskurs Religion hat gemeinsam einen brisanten Zeitungsartikel über den Willen einer jungen Frau gelesen, von Ärzten mit Spritzen getötet zu werden. All dies findet statt in Belgien, da in Deutschland aktive Sterbehilfe bei Strafe untersagt ist. Der Lehrer, Herr Lemur, hat mit diesem Thema geradezu eine Bombe zwischen seine Schüler geworfen, denn die Spaltung der Meinungen könnte gar nicht größer sein. Töten auf Verlangen sei unmoralisch, meinen die einen, während die anderen von einer heuchlerischen Ethik sprechen, die den freien Willen eines Menschen beschneide. Aus dem Geschichtsunterricht kennen die Schüler den Begriff der „Euthanasie", der mit der historischen Vergangenheit Deutschlands in der denkbar negativsten Weise verknüpft ist. Die Gruppe der Befürworter argumentiert, es bestehe sehr wohl ein Unterschied darin, ob man gegen seinen Willen getötet werde oder ob man aus freien Stücken dies verlange. Die Gegner eines wie immer gearteten Eingriffs in das Leben eines Menschen sind in der Überzahl. Auch der Kursleiter, Herr Lemur, ist gegen eine, wie er es ausdrückt, permissive Moral, und unter keinen Umständen bereit, eine Situation anzuerkennen, die eine Ausnahme darstellen könnte. Für ihn steht unverrückbar fest: „Das Leben ist so einmalig, dass es niemandem jemals gestattet sein darf, dies aus freien Stücken oder erzwungenermaßen zu beenden!" Seine Schüler schreiben wortwörtlich mit, denn die nächste Klausur naht und da möchte gewiss niemand das Missfallen des Lehrers erregen und eine zu kritische Haltung einnehmen. Herrn Lemur ist durchaus bewusst, dass eine derartig kategorische Aussage schon bedrohlich nahe an eine Denkzensur heranreicht.

Wieder zu Hause am späten Nachmittag brüht er sich frischen Kaffee, legt eine CD mit klassischer chinesischer Meditationsmusik ein und schlägt die Lokalzeitung auf. Lemur ist gedanklich noch so halb in der im Kurs mit Verve geführten Diskussion, als er überrascht unter der Rubrik „Verschiedenes" folgendes Außerordentliche liest. Da wird doch ganz ungeniert von irgendjemand ein „Mörder gesucht". Nicht etwa eine Wohnung oder ein gebrauchtes Auto, kein ausrangierter Kinderwagen oder eine „Germanisches Museum"-Münze, sondern eine konkrete Person, die einen anderen Menschen umbringen soll. Und so wie es in der Zeitung steht, würde dieser gesuchte, unbekannte Jemand für seinen mörderischen Job auch noch Geld bekommen. Lemur kann es einfach nicht fassen. Unmöglich, dass gerade seine Zeitung derartig sittenwidrige Aufrufe abdruckt! Existierte da nicht so etwas wie eine freiwillige Selbstkontrolle der Presse? Nein, natürlich war damit keine Zensur gemeint oder gefordert. Aber das ging dann entschieden zu weit. Wofür lebte man schließlich in einem Rechtsstaat? Nein, hier war eine unsichtbare Grenze überschritten. Eine seriöse Zeitung kann Derartiges nicht zulassen. Mit Sicherheit hat die Redaktion das übersehen, vielleicht für einen dummen Scherz von Leuten gehalten, die nach einer feucht-fröhlichen Partynacht perverse Erlebnisse wie SM, Bondage und dergleichen austauschen wollen, um sich noch nachträglich einen Kick zu geben? Gleichermaßen wie seine Abscheu ist jedoch auch seine Neugier geweckt. Da gibt es zwar keine Adresse, aber er beschließt, unter der angegebenen Telefonnummer anzurufen. Aufgebracht wie er ist, will er herausfinden, wer solch makabren Unsinn in der Zeitung schaltet. Dieser Person würde er ins Gewissen reden, eine Predigt über Anstand und Moral halten, die sich gewaschen hat. Wild entschlossen wählt er die angegebene Nummer:

„Hier ist der automatische Anrufbeantworter. Sofern sie sich wegen der Anzeige in der Zeitung endlich bewerben, nennen sie umgehend Namen und Telefonnummer, ich rufe sie baldmöglichst zurück. Einstweilen zügeln sie ihre Ungeduld!"

Na, das ist ja ein starkes Stück! Lemur denkt gar nicht daran, irgendwelche Daten und Namen in einer solch dubiosen Angelegenheit zu geben. Natürlich ärgert es ihn maßlos. Was bildete sich diese Person überhaupt ein? Bittet da eine Frauenstimme um Namen und Adresse eines Mörders! Nein, sie bittet ja gar nicht, sondern fordert und befiehlt! Ging es noch frecher, unverschämter? Ist der Verfall der allgemeinen Sitten und Umgangsformen schon so weit fortgeschritten, dass man per Annonce, per Telefon, mit Mordbuben, mit Auftragskillern korrespondierte, als würde man Tante Erna eine nichtssagende Ansichtskarte aus dem Harz schicken? Das konnte diese Frauenstimme mit ihresgleichen so handhaben, aber nicht mit ihm jedenfalls. Zunehmend erregt er sich, wird richtig wütend.

Woche für Woche vergeht. Jedes Mal derselbe Aufruf in der Zeitung „Mörder gesucht"! Lemur hält es nicht mehr aus, will richtig Dampf ablassen, ordentlich schimpfen. Doch vor allem ist er schon irgendwie neugierig. Wer ist denn derart renitent, dass er ständig diese seltsame Annonce schaltet? Wer soll hier umgebracht werden? Wie viel Geld ist der Auftraggeber bereit zu bezahlen? Und warum hat sich offensichtlich noch niemand für diesen „Job" beworben? Also greift er erneut zum Hörer, legt aber gleich wieder auf. Vielleicht hat er sich geirrt, die Aufforderung falsch verstanden? Könnte es sein, dass ein Mord passiert ist und die Frauenstimme auf dem Anrufbeantworter nur Informationen über den Mörder sammeln will? Oder ihn auf diesem ungewöhnlichen Wege auffordert, sich zu melden, damit er endlich seiner gerechten Strafe zugeführt werden kann? Jetzt will Lemur Gewissheit, wählt erneut. Wieder diese Frauenstimme mit derselben Nachricht. Er will endgültige Klarheit, hinterlässt dieses Mal seine Telefonnummer, aber ohne Namen. Fast wie erschöpft lehnt er sich zurück, fragt sich, ob er das Richtige getan hat. Ärgert sich jetzt. Besser, er hätte sich da raus-, seine Neugier im Zaum gehalten. Na gut, geschehen ist geschehen. Vielleicht kommt ja kein Rückruf. Wahrscheinlich nicht. Lemur gähnt, will vom Stuhl aufstehen, in die Küche gehen, sich ein Bier aus dem Eisschrank holen, chillen. Doch kaum ist er an der Küchentür, da klingelt sein Telefon. Er hebt ab, nennt seinen Namen. Eine Anruferin, deren Stimme er kennt, zweimal gehört hat. Sie lacht etwas kokett und frivol, spricht:

„Dachte ich es mir doch, Herr Lemur, dass sie sich mit Namen melden würden. Damit haben sie wohl nicht gerechnet, dass ich umgehend anrufen würde. Das Zeitungsinserat war übrigens ein voller Erfolg. Vor ihnen haben 2.741 Leute allen Alters, jeglicher sozialer Schicht angerufen, um gegen Entlohnung eine ihnen unbekannte Person zu töten. Wahrlich, eine interessante soziologische Zahl. Enorm aussagekräftig! Hochsignifikant! Ganz offensichtlich steckt in jedem von uns ein Mörder, der nur darauf wartet, gerufen zu werden. Alle möchten für das Töten bezahlt werden. Für das Sterben muss man tief in die Tasche greifen. Ermordet zu werden, ist keineswegs billig. Geben sie mir da recht, Herr Lemur?"

Nein, das tut er nicht, lehnt diese alberne Schlussfolgerung entrüstet ab. Er zumindest sei kein potentieller Mörder und gedenke dies auch nicht zu werden. Außerdem verlange er zu wissen, mit wem er, zum Teufel, diese fragwürdige Ehre am Telefon habe.

„Das, lieber Herr Lemur, erfahren sie noch früh genug. Zuerst müssen wir uns über die Modalitäten ins Benehmen setzen. First things first, also nichts überstürzen. Sie erhalten für den ausgeführten Mord eine große Summe Geldes. Für die Beruhigung ihres Gewissens eine weitere Entlohnung und für den möglicherweise erforderlichen Wechsel ihrer Identität nach ihrer Flucht noch einmal eine ordentliche Vergütung. Sie sehen, ich bin nicht kleinlich. Wären sie damit einverstanden?"

„Moment mal. Wer hat hier gesagt, dass ich damit überhaupt einverstanden sein muss, eine mir fremde Person vom Leben zum Tode zu befördern? Dieser Mensch, von dem sie so verächtlich sprechen, will genau so gerne am Leben bleiben wie sie und ich. Und es ist schamlos, über jemandes Ableben derartig kaltblütig zu verhandeln. Gute Entlohnung wird geboten für eine Missetat! Nicht zu fassen! Hören sie, auch für sie und mich gilt, dass man keine Verträge zu Ungunsten eines Dritten schließen darf. Solch ein Abkommen besitzt keine juristische Gültigkeit, ist demnach rechtsunwirksam. Außerdem ist dies alles in hohem Maße moralisch verwerflich. Lassen sie sich das gesagt sein!"

„Sind sie Jurist? Moralist? Vielleicht sogar ein Hellseher? Können sie in meinem Kopf lesen? Woher wissen sie das alles? Wer ist denn diese ominöse dritte Person, von der sie sprechen, Herr Lemur? Und woher stammt ihre Kenntnis, dass diese nicht existente dritte Person gerne lebt und noch lieber weiterleben möchte? Na, sehen sie! Viele Überlegungen, viele Fragen. Dabei gibt es nur eine Antwort: Weit gefehlt! Alles falsch!"

Die Frau lacht. Ihre Stimme ist trotz aller Vorhaltungen samtig und weich. Ihr Lachen klingt melodisch und frisch wie ein Bächlein auf einer Alpenwiese. Dennoch schwingt eine leichte Arroganz, ein Hauch von Herrschsucht und unterdrückter Ungeduld mit. Lemur lauscht nachdenklich, spürt auf die Ober- und Untertöne, versteht nicht so recht, was sie meint. Ganz gegen seinen Willen muss er nachfragen, richtigstellen:

„Nein, ich bin weder Jurist noch Beichtvater. Ich bin Lehrer – evangelische Religion. Passt nicht mehr in unsere verderbte Zeit, ich weiß. Aber ich kann eins und eins zusammen zählen. Wenn es keine dritte Person gibt, die auch nicht gerne weiterleben möchte, dann kann die zu ermordende Person nur sie oder ich sein."

„Sie sind ein kluger Mann, Herr Lemur. Pfarrer und Philosoph zugleich. Deshalb habe ich sie auch auserkoren, mich zu ermorden."

Erneut lacht sie so samten und lockend, dass es in seinen Ohren summend als Echo widerhallt. Von diesem Lachen geht eine so lebensbejahende Faszination aus, dass man schwerlich diesen gegenteiligen Worten, die es begleiten, glauben mag. Lemur ist völlig konsterniert, versteht die Welt nicht mehr, stottert:

„Höre ich recht? Sie haben mich ausgesucht, sie zu ermorden? Wie geht das denn? Wie können sie denn wissen, dass ich diese Zeitung lese, dazu noch ihre Anzeige? Warum sollte ich mich bei ihnen melden, wo ich doch gar kein Mörder bin? Warum müsste ich sie überhaupt ermorden wollen? Haben sie darauf denn Antworten, die mich überzeugen könnten? Wissen sie denn überhaupt, wer ich bin? Verwechseln sie mich gar mit jemandem, der mit mir nicht das Geringste zu tun hat?"

„Sprechen sie eigentlich immer nur in Fragesätzen, lieber Herr Lemur? Natürlich kann ich alle ihre Bedenken ausräumen, doch, weit wichtiger noch, konnten sie sich denn überhaupt alle ihre Fragen auch selbst merken? Oder handelt es sich nur um bloße Rhetorik, auf die sie gar keine Antworten erwarten? Na, egal. Jedenfalls sehe ich, dass sie sehr interessiert sind. Langsam kommen wir uns näher, geschäftlich wie auch menschlich. Ich mag es nämlich, mit intellektuellen Männern erst einmal zu reden, will sie verstehen lernen, bevor ich mich ihnen hingebe, sei es als Sexualpartnerin meinem Mann oder als ein lebensmüder Körper meinem Mörder. Demzufolge genieße ich es, mit meinem Gegenüber vorab ein wenig zu plaudern, ehe er mich dann zum finalen Klimax bringen oder, anders formuliert, ins Jenseits befördern darf. Der Tod ist ein Großereignis im Leben eines jeden Menschen. Ähnlich einmalig wie die Geburt, nur eben wesentlich bewusster. Das Neugeborene wird beim Durchqueren des Geburtskanals traumatisiert, deshalb fürchten wir uns ganz schrecklich davor, in den Kanal des Todes hineinzugleiten und ihn in Richtung Himmel oder Hölle zu passieren. Das ist zwar so töricht wie das Pfeifen im dunklen Wald, aber wir können es normalerweise nicht ändern. Einmal an seiner Öffnung angelangt, überschreiten wir anschließend die Schwelle zu einer neuen Daseinsform, welche irreversibel zu der jetzigen ist. Im Tode lösen wir uns auf in reine Energie. Schließlich ist das anders als beim täglichen Sex. Den kann man ja sogar stündlich haben, und das Orgon, welches Wilhelm Reich entdeckt hat, ist natürlich feinstofflicher Hochgenuss. Aber einen gelungenen Tod erlebt man normalerweise nur einmal. Nur bei James Bond 007 stirbt man zweimal. Doch jegliche Fachsimpelei über das Hier und Jetzt und das Da und Dort beiseite lassend: Deshalb entschied ich mich, trotz nur äußerst vager Erinnerung an mein eigenes Geburtstrauma, diesem nicht noch ein Todestrauma hinzufügen zu wollen, welches mich dann in der Unterwelt des Hades heimsuchen könnte. Sicherlich stimmen sie mir da zu, lieber Herr Lemur. Ein schneller Tod verhindert jedwede schlechte Erinnerung, so wie ein Kaiserschnitt das Baby psychisch unbehelligt lässt. Beantworten meine Ausführungen damit wenigstens eine ihrer Fragen? Nun gut, wenn dem so ist dann zu einer weiteren ihrer Sorgen. Sie überlegen, ob, beziehungsweise bezweifeln gar, dass sie mich tatsächlich morden wollen. Aber selbstverständlich möchten sie das, lieber Herr Lemur. Wichtig ist dabei, dass sie ihre Vorurteile aufgeben. Lernen sie zu differenzieren! Mord ist nicht gleich Mord. Oder meinen sie, dass alle Frauen gleich seien? Man muss da schon in die Tiefe gehen. Wenn sie nicht wirklich töten wollten, dann würden sie mich auch keineswegs angerufen haben. Oder rufen sie fremde Damen an, um ihnen moralisch den Hintern zu versohlen?"

Die Stimme am Telefon wechselt, wird roh und ordinär:

„Sie wollen meinen Arsch verdreschen, und wenn er glüht, Wodka darüber schütten und den ganzen Braten anstecken. Sie begehren eine flambierte Frau, nicht wahr, Herr Lemur?"

Das Gurren kehrt in ihre Kehle zurück:

„Nun, ich bin offen für alles, auch darüber ließe sich erst reden, dann tun und lassen. VB. Und da sind wir bereits beim eigentlichen Thema. Ich bitte, es kurz erklären zu dürfen. Sie, lieber Herr Lemur, habe ich ausgesucht, mein Mörder zu sein, weil sie ein kultivierter, feinsinniger Mann sind. Oder glauben sie, ich würde mich von einer klobigen Bestie viehisch abschlachten lassen wollen? Wohl kaum, nicht wahr? Oder wollen sie, dass ihre flambierte Frau sich das antun soll? Na, sehen sie. Sie schütteln den Kopf. Ich spüre ihre Ablehnung durch die Telefonleitung hindurch. Dann dürfen sie es auch nicht zulassen, dass mich ein derartig abscheuliches Schicksal ereilt, dass mich derbe Bubenhände gefühllos meucheln. Nur ihnen steht es zu, mein Verlangen zu stillen. Sie allein sind mein Täter, mein Vollstrecker. Dafür danke ich ihnen aus tiefstem Herzen. Nun, nicht ganz so selbstlos, denn natürlich will ich alles in vollen Zügen erleben und genießen. Ginge es mir einzig und allein um das schnöde Ableben, dann könnte ich mich ja einfach vor einen Zug werfen. Aber ein solch vulgäres Tun wäre gleichermaßen unästhetisch und unerotisch. Gerade deshalb will ich sie als Mann der Moral und der exquisiten Lüste dingen, lieber Herr Mörder, und niemanden sonst."

Für einen kurzen Augenblick verstummt ihre Stimme als würde sie lauschen. Auch Lemur sagt nichts, obwohl jetzt die Gelegenheit da wäre, sie zu unterbrechen. Sein angestrengtes Schweigen verrät ihn. Sie fährt fort:

„Ach so, da wäre noch eine klitzekleine Frage: Sind ihnen dreihunderttausend Euro zu wenig? Nein oder ebenfalls VB? Ja? Wenn sie ihre Sache so gut machen, wie ich es mir vorstelle, dann könnte da durchaus noch eine Bonifikation drin sein. Ich würde noch zu meinen Lebzeiten dafür Rechnung tragen, ehe ich unter ihren geübten Händen lustvoll verende. Wäre das ein Angebot? Großzügig genug?"

Lemur ist schockiert. Ist diese Telefonfrau nicht irgendwie abseitig, verquer, bizarr? Grenzwertig war sie gewiss, aber vielleicht auch nur schlicht und ergreifend paranoid? War sie eine verrückte Nymphomanin, eine demütige Masochistin, eine Domina gar, die genug von ihrem Leder-, Lack- und Samtpeitschen-Job hatte? Wollte sie möglicherweise gar nicht sterben, ihn nur ködern, herein- und aufs Kreuz legen? Was bedeutete dieses Versprechen einer so großen Summe von immerhin 300 000 Euro? In welch schändliches Spiel wollte sie ihn locken? Lemur versucht, das Problem aus einer neuen Perspektive anzugehen:

„Nehmen wir mal an, ich ginge auf ihr Angebot ein, wäre bereit, sie umzubringen. Dann bliebe eine wichtige Frage vorab zu klären: Wie möchten sie denn gerne sterben?"

Offensichtlich hat sie nur auf diese Frage gewartet. Sie lacht leise, scheint in seinem Kopf lesen zu können:

„Beinahe hätte ich gesagt, total entspannt in ihren starken Armen, lieber Herr Lemur. Aber das wird ohnehin der Fall sein, es sei denn, sie erschießen mich aus unerotischer, ängstlicher Entfernung, weil sie meine weibliche Körperlichkeit fürchten. Aber sie suchen ja meine Nähe, wollen jede Einzelheit meiner Physis kennenlernen. Ihre Hände, ihre neugierigen

Finger erkunden meine Hügel und Täler, bevor sie mich meucheln. Da bin ich mir sicher. Aber was das Wie betrifft, nun ja, darüber habe ich mir hinreichend viele Gedanken gemacht, daran ganze Ketten von Überlegungen geknüpft, wieder verworfen und neu konzipiert. Ein schwieriger und zeitraubender Denkprozess, glauben sie mir. Aber das gehört ja immerhin auch zum Vorspiel, muss es uns beiden also wert sein, denn es geht hier wirklich um etwas Einmaliges, Unwiderrufliches. Sie, als mein Mörder, und ich, als ihr Opfer, stehen wie Yin und Yang in kompletter Harmonie. Großes Theater, gewaltiger Applaus! Und eben aus dieser gedanklichen Komposition sind dann auch die Bedingungen hervorgegangen, die ich an sie als meinen Vollender stelle."

Die Stimme hält inne, lauscht der Wirkung ihrer Worte nach. Lemur bäumt sich auf, leistet verzweifelt Widerstand:

„Noch bin ich keineswegs ihr Mörder und mitnichten der Vollender ihrer wahnwitzigen Kompositionen. Sie setzen zu schnell mein Einverständnis zu einer Sache voraus, die ich zutiefst ablehne. Ich weigere mich, dieses Spiel nach ihren Regeln anzunehmen. Ich wiederhole: Ihr ganzes Ersuchen ist amoralisch und widerlich. Außerdem kann ich nicht verstehen, warum ich ihren unappetitlichen Ausführungen überhaupt zuhöre. Keine perverse Neugier. Nein! Höflichkeit vielleicht. Mitleid? Ja. Jedenfalls kann ich ihnen versichern, dass ich sie keineswegs töten werde. dies auch niemals zu tun gedenke."

Am anderen Ende der Leitung ist daraufhin nur Schweigen. Fast eine Minute geht das. Lemur ist verunsichert, ob seiner eigenen Kühnheit, ihr Derartiges gesagt zu haben. Sie muss ihn für einen unhöflichen Frechdachs halten, Schweigen statt Schelte scheint jedenfalls die angemessenere Strafe zu sein. Jedenfalls durchaus geeignet, ihn wieder zur Sache selbst zurückkehren zu lassen:

„Aber diese Bedingungen, von denen sie sprachen, würden mich schon interessieren. Wobei ich mich doch ein wenig wundere, dass überhaupt welche gestellt werden. Immerhin erwarten sie doch, wenn ich richtig verstanden habe, ein Entgegenkommen von mir."

Die Stimme am anderen Ende der Leitung zeigt sich unbeeindruckt von Lemurs Vorwürfen und Einwänden, korrigiert ihn:

„Natürlich verzeihe ich ihnen, lieber Herr Lemur. Unsere gemeinsame Angelegenheit ist ja auch nicht gerade alltäglich. Doch schließen sie jetzt mal die Augen und stellen sich vor: Wenn sie einen Arbeitsvertrag eingehen, bei dem sie ihrer Partnerin eine Leistung anbieten, für die sie bezahlt werden wollen, hat sie demzufolge doch das Recht, Bedingungen zu stellen, welcher Art die von ihnen zu erbringende Leistung zu sein hat. Arbeitsvertraglich absolut korrekt. Erst die Ware, dann das Geld. So ist es eben Usus. Oder bestehen sie auf Vorkasse? Weil sie glauben, mir nicht trauen zu können? Das würde mich sehr verletzen. Wirklich. Denn, sehen sie, ich lege ja auch mein Leben in ihre Hände. Ich gehöre ihnen. Sie können mit mir machen und treiben, was und wie sie es wollen. Keinerlei Misstrauen bei mir! Aber wenn es ihnen lieber ist und sie dann damit besser zurechtkommen, streichen wir die ‚Bedingungen' und nennen es eben die ‚letzten Bitten' einer Sterbenden. Einverstanden? Gut. Doch auf einem muss ich bestehen: Sollten diese Bitten jedoch nicht zu meiner Zufriedenheit erfüllt werden, gibt es kein Geld für ihre Tat, sondern sie zahlen eine Art Konventionalstrafe wegen Versagens."

„Höre ich da richtig? Das wird ja immer lustiger! Bitten oder Forderungen, die ich unter Androhung einer Geldstrafe bei der Tötung auch noch zu bezahlen hätte! Ausschlaggebend hierfür wäre dann die Zufriedenheit des Opfers. Darauf kann keine seriöse Geschäftsbeziehung aufbauen; das ist ein Knebelvertrag!"

Lemur wird kühn, witzelt:

„Springt man so mit seinem Mörder um?"

„Sie sind ein Schatz, Herr Lemur. Genau so will ich es haben: geistvoll, spritzig, epigrammatisch! Ich kann mich nur zu meiner Wahl beglückwünschen. Wenn sie so reden, verstärkt sich mein Sehnen nach der Tat. Ungeduld verzehrt mich. Aber die Wartezeit muss sein. Auch die Braut des Todes will erobert werden. Bitte, lieber Herr Mörder, lassen sie uns noch etwas über die letzten Bitten plaudern. Erst aber nochmals Bravo! Also ersuche ich sie um die Erfüllung folgender Wünsche: Erstens, es muss schnell gehen. Zweitens, es darf nicht weh tun. Drittens soll kein Blut fließen. Viertens erwarte ich eine subtile Sterbeästhetik. Fünftens darf der Mord nicht aus niederen Motiven geschehen. Wobei ich ihnen hiermit ausdrücklich versichere, dass spielerische, erotische Handlungen ihrerseits wie Höhlen oder Hügel auskundschaften, Flambieren und dergleichen ausdrücklich erlaubt sind und natürlich nicht unter die Bedingungen der Konventionalstrafe fallen. Habe ich damit ihr Ja-Wort?"

‚Sie ist gaga, ich wusste es.‘ Lemur lacht, aber ein bisschen zu tief, ein wenig zu männlich. Er merkt es nicht, sitzt gefangen in der Venusfalle, von der Stimme geschmeichelt und gestreichelt. Und ohne jede Aussicht auf Flucht oder Entkommen. Dabei hat sie gerade erst ihr Waffenarsenal für ihn geöffnet, hat ihm, probeweise nur, schon mal die Schlinge geknüpft, die Pistole entsichert, den Schlagstock gereicht, den Schierlingsbecher zur Hälfte gefüllt. Unwillkürlich streckt Lemur die Hand danach aus

„An welche Form von Konventionalstrafe hatten sie denn gedacht? Muss ich ihnen dann mein Konto übereignen? Mein Haus verpfänden, eine zusätzliche Hypothek aufnehmen?"

„Nichts von alledem, lieber Herr Lemur. Geld spielt für mich keine Rolle. Im Übrigen beträgt ihr Kontostand momentan € 1.645,20, ihr Depot besitzt einen Börsenwert von nicht ganz € 11.000.- und auf ihrem Haus lastet eine erstrangige Hypothek mit € 78.700.- Restvaluta. Sie fahren einen geleasten BMW, ihr monatliches Einkommen beträgt ..."

„Stopp! Stopp! Woher wissen sie das alles? Arbeiten sie etwa bei meiner Bank und haben meine Kundendaten ausgeschnüffelt?"

„Ich schnüffele nie, lieber Herr Lemur. Und wenn überhaupt, dann wäre es reines Kokain. Ansonsten lasse ich schnüffeln. Und dann besorge ich mir die Daten vom Direktor höchstpersönlich, auf einem Silbertablett und mit Kniefall präsentiert. Schließlich gehört mir die Bank, bei der sie Kunde sind. Und nicht nur diese, lieber Herr Lemur. Nein, wenn sie mich nicht anständig unter Beachtung aller fünf Bedingungen, pardon, Bitten, töten, dann müssen sie damit rechnen, bestraft zu werden. Und, ich darf hinzufügen, das wird keineswegs ein Spaß für sie sein. Denn, wer nicht für mich ist, der ist automatisch gegen mich!"

Lemur kann es nicht fassen. Hier findet die totale Umkehrung der Verhältnisse statt, als würde eine neue Moral aus der Hölle geboren. Er will seine Unsicherheit verbergen, lacht dunkel und sonor, als überraschte ihn das alles nicht im Geringsten. Er schickt sich an, etwas Kluges zu erwidern, welches die Absurdität der Situation geißeln würde, aber sie lässt es nicht zu, unterbricht ihn:

„Ich gebe ihnen genau drei Tage Bedenkzeit, lieber Herr Mörder."

Das ist knallhart wie ein Schlag ins Gesicht. Die Frau legt auf, bevor Lemur erneut protestieren kann.

Aus den angekündigten drei Tagen werden ganze drei Wochen. Lange, zähe Tage der Unfähigkeit zur

Gegenwehr. Jedwede Argumentation in Lemurs Kopf geht ins Leere, weil sich ihm sein Gegenüber konstant entzieht. Je mehr seine Gedanken auf der Suche nach einer Lösung kreisen, desto kleiner wird das Mäuslein, das sie gebären. Lemur ist mit seinen psychischen Kräften am Ende, würde jetzt unter Umständen sogar zugesagt haben, wenn die Frau nur wieder angerufen hätte. Indes, sie ruft nicht an, und das bedeutet für ihn eine endlose, marternde Warterei, unfähig und impotent. Er sehnt ihren Anruf geradezu herbei, schmort in seinem eigenen Saft. Unwissenheit und Ungewissheit betreffen allein ihn. Seine Peinigerin weiß dies genau, hat ihre Gesamtstrategie darauf gerichtet, ihn zu foltern, ihm zu zeigen, dass diese Bedingungen doch keine Bitten sind, sondern offene Forderungen an ihn. Insgesamt ein repressives Angebot, das er zu erfüllen hat, ohne dass er darüber frei entscheiden könnte. Die Situation hat komplett gewechselt, aus der Bittstellerin ist eine peitschende Herrin geworden; aus ihm, dem strengen Moralisten, ein zitternder, unterwürfiger Psychopath. Lemurs Ego ist geschrumpft, ein Triebstau blockiert seine inneren Systeme. Er würde sie jetzt wirklich ermorden, mit Schlinge, Kugel und Gift, bekäme er sie endlich zu fassen. Sie jedoch verharrt in der Deckung ihrer Anonymität, während er auf offener Bühne im gleißenden Rampenlicht splitternackt steht und verlacht wird. Sowie das Telefon läutet, ist er zur Stelle, meldet sich mit vertiefter Stimme und muss sich von seinen Bekannten am anderen Ende der Leitung die Frage gefallen lassen, ob er denn erkältet sei. Die Warterei zermürbt ihn.

Er ertappt sich dabei, dass er den Apparat fixiert, hypnotisiert, mit ihm spricht. Ihn wahrhaft anfleht zu reden, ihm die ersehnte Erlösung zu bringen. Offensichtlich haben sich die Verhältnisse gewandelt: Soll er sie überhaupt noch morden, oder will sie ihn stattdessen töten? In seine düsteren Gedanken hinein klingelt das Telefon. Ihre Stimme schnurrt:

„Mein lieber Herr Mörder, ich bin es, ihr williges Opfer. Ich konnte einfach nicht früher anrufen, die Sterne standen nicht gut. Keineswegs jedoch bin ich ihnen untreu oder gar abtrünnig geworden, stehe zu meinem Angebot. Nach wie vor gebührt ihnen, lieber Herr Lemur, das Privileg, mich ermorden zu dürfen. Unter ihren kundigen Händen werde ich zu einer willfährigen Gefährtin werden, an und auf der sie eine delikate Ästhetik der Wehrlosigkeit zelebrieren dürfen! Oder wollen sie mich doch nicht erdrosseln? Mit Fingerspitzen, Seidenstrumpf oder Eisenkette? Haben sie bessere Sachen mit mir vor? Mich vielleicht berauschen mit ihrem Parfum, ehe sie ihre Künste anwenden? Mich trunken machen mit ihrem Esprit, auf dass ich keine Schmerzen verspüre? Ach, ich wünschte, sie könnten alles zusammen und jetzt auf der Stelle tun!"

Lemurs Hände sind heiß und schwitzig. Er hat sich nicht mehr in der Gewalt, merkt nicht, dass seine Stimme schrillt:

„Wann soll ich es machen?"

„Sie nehmen meine Kernfrage vorweg, geben mir ihr positives Feedback. Also, ja. Das freut mich sehr. Bei ihnen fühle ich mich geborgen, werde auch brav und geduldig alles tun, was ihnen die schwere Arbeit erleichtert."

Lemur verspürt ein erotomanisches Verlangen, sie unter seinen Fingern ausbluten zu sehen. Er wird sich an ihrem Anblick weiden, kann es nicht mehr erwarten, sie steif und starr und leichenblass vor sich liegen zu sehen. Sie hat eindeutig überzogen, zu viel Petersilie an das Hühnchen gegeben. Er berauscht sich an dem Gedanken, ihr Plappermäulchen für immer zum Schweigen zu bringen, er halluziniert, presst, knetet, würgt. Schon hört er sie unter sich stöhnen und wimmern, sein Atem geht schwer und pfeifend. Die Sprechpause ist wie ein kleiner Tod. Seine aufmerksame Gesprächspartnerin interpretiert sein mühsam gedrosseltes Schweigen absolut richtig, zielt auf sein Herz.

„Darf ich diese Nacht noch leben, ein wenig fröhlich sein? Vielleicht ein letztes Glas Champagner genießen, bevor meine befreite Seele einer freudig schlagenden Brust auf ewig entflieht? Ich werde mich an sie schmiegen, ihre Hände küssen, ehe diese mich packen. Ja, ich werde blühen für sie, meinen Mörder. Nicht, dass ich eitel wäre, aber Schönheit nur gegen neue Schönheit. Sie morden mich mit allen Sinnen, ich werde dafür als filigrane Flocke im Atem des Todes vergehen. In Bälde und für immer. Haben sie noch zusätzliche Fragen an ihr williges Opfer, sie lieber Mörder?"

Lemur verschluckt sich vor geifernder Gier

„Wann denn? Wann denn endlich?"

„So ist es recht! Ihre Ungeduld ist auch die meine. Möglichst schnell soll es geschehen. Rasch, rasch muss es nun gehen! Kein eitles Verweilen vor der großen Tat! Meine Willenlosigkeit führe ihre Hand! Sie wunderbar sensibler Mörder, sie! Greifen sie zu, bedienen sie sich! Ich brenne! Doch nun hinweg mit der Verzückung, zurück zu Zeit und schnödem Alltag! Deshalb lassen sie uns überlegen: Heute ist Dienstag. Wäre es ihnen am Samstag recht oder störte es das heilige Wochenende? Hätten sie dann ein wenig Muße für mich? Welches Parfum soll ich für sie auflegen? Ich glaube, ich werde ‚Je revien‘ für mein Ableben wählen. Soll ich ein schwarzes Kleid tragen? Was bevorzugen sie darunter? Verrucht oder keusch? Nackt oder korsettiert? Warten sie, ich werde sie überraschen. Dann bringen wir es in Würde hinter uns, aber vergessen sie nicht ihren Werkzeugkoffer. Sie wissen ja: Messer, Gabel, Scher‘ und Licht. Ihr Appetit wird bald gestillt. Ich melde mich rechtzeitig wieder bei ihnen, lieber Herr Mörder.“

Weg ist sie aus der Leitung. Lemur hatte nach Namen und Adresse fragen wollen. Nichts ist geklärt, sie hat einfach aufgelegt. Er kocht vor Wut. Ohnehin ist ihm das Geld nicht wichtig. Schließlich befindet er sich an dem Punkt, wo er es sofort tun würde, allein schon, weil sie ihn so schäbig behandelt. Er fühlt sich vorgeführt, entmündigt, entmannt. Mittwoch, Donnerstag, Freitag. Wieder drei Tage dazwischen. Wird sie sich danach wirklich melden? Vermutlich wieder nicht. Sie hält das Heft des Agierens in der Hand, ruft ihn, wenn und wann sie will, schweigt und lauscht, schickt ihn weg, lässt auf sich

warten. Das muss sie ihm büßen. Ja, er wird sie töten. Will sich eine Gegenstrategie ausdenken, sie
bluffen, ihr eine Falle stellen. Zumindest wird er sie
erst einmal selbst warten, das verdammte Telefon
klingeln lassen. Mindestens auch drei Tage lang soll
sie anläuten müssen. Sie muss lernen, dass er sie
nicht braucht. Sie will ihn doch, nicht umgekehrt. Er
wird ihr zeigen, wer die Bedingungen festlegt. Seine
Gedanken kreisen und pointieren; Lemur wird sich
jetzt erst bewusst, was Männer an Frauen so hassen.
Zwei Dinge vor allem sind es. Deren Unfähigkeit,
klare und umfassende Informationen zu geben. Noch
schwerer wiegt das absolut nicht vorhandene Zeitge-
fühl. Niemals würden Frauen die Uhr erfunden haben. Sie kennen den Begriff der Zeit überhaupt nicht.
Ihnen fehlt schlicht die Fähigkeit, zwischen Warten-
lassen und Wartenmüssen zu unterscheiden. Lemur
nimmt sich vor, dieser Frau – pars pro toto - eine
einmalige Lektion zu erteilen.

Doch, sie weiß sehr genau, was Zeit ist, kann her-
vorragend damit umgehen. Sie ist eine einfühlsame
Virtuosin auf diesem Instrument. Lemurs Telefon
bleibt stumm, seine Taktik greift nicht, wird sogar
doppelt schädlich für ihn. Sie fesselt, bindet, klebt ihn
an das schweigende Telefon. Offensichtlich verfügt
die Frau nicht allein über die besseren Nerven, sondern fährt eine subtile Gegenstrategie, lanciert eine
grausame Offensive: Sie meldet sich – überraschend
- früh am Samstagmorgen. 6 Uhr 21, um genau zu
sein. Instinktiv weiß sie, dass er vorhatte, nicht ans
Telefon zu gehen, um sie zu bestrafen. Für diese
durchsichtige, dümmliche Absicht demütigte sie ihn

bereits mit einer Nacht, in der er schlaflos liegen, grübeln, an sie denken musste. Er hat drei Tage sein Haus nicht mehr verlassen können, weil er fürchtet, sie könnte zwischenzeitlich anrufen. Er will sicher sein, dass sie anruft, damit er bewusst nicht den Hörer abhebt. All das antizipiert sie, gönnt ihm keine Verschnaufpause. Seine Brust muss lodern wie das Höllenfeuer, sein Auge vor Müdigkeit tränen. Deshalb klingelt sie ihn nunmehr auch so früh an, weil sie mit ihren femininen Sinnen in seine eindimensionale kleine Welt eindringen kann. Zu dieser Zeit, mutmaßt sie, befindet er sich im Bad. Männer sind am schwächsten, während sie sich rasieren. Und am verletzlichsten, weil ihnen die scharfe Klinge ausrutschen kann, wenn frau sie unverhofft anspricht. Wenn ihr Blut dann fließt und sie es nicht zum Stillstand bringen können. Definitiv schneiden sie sich, weil das Läuten des Telefons sie erschreckt, sie aus ihrem kontemplativen Tun herausreißt, als hätten sie heimlich onaniert. In diesen Situationen haben Männer alles vergessen, was sie tun oder nicht tun wollten, die guten wie die bösen Vorsätze. In solchen wachsweichen Momenten ruft frau Männer tunlichst an, sofern sie eine wahre Meisterin ihres Geschlechts ist:

„Mein lieber Herr Lemur, störe ich? Hoffentlich habe ich sie nicht geweckt. Oder doch? Dann bitte ich tausendmal um Entschuldigung. Ich kann natürlich auch später nochmals anrufen. Tut mir wahnsinnig leid. Aber jetzt sind sie ja ohnehin wach. Ich will auch nicht lange stören. Also, ganz kurz, heute Abend geht es nicht bei mir. Wieder diese verflixten Sterne, sie verstehen. Wie wäre es mit nächster Woche? Dann klappt es bestimmt! Ich melde mich rechtzeitig! Ich bleibe ihr getreues Opfer, sie mein lieber Mörder! Ganz sicher! Versprochen! Großes Ehrenwort! Bis bald!"

,Opfer! Mörder! Sterne! Nächste Woche! Pah!' Lemur hätte dieses Weib am liebsten auf den Mond geschossen, geht wieder ins Bad. Zurück am Waschtisch schneidet er sich erneut und noch heftiger, als er sich fertig rasieren will. Hellrotes Blut dringt aus der klaffenden Wunde. Der Alaunstift brennt wie Feuer. Er schwört sich, dass er sie lebendigen Leibes massakrieren wird. Missmutig setzt er Kaffeewasser auf. Erst nach der zweiten Tasse beginnt er, sich wieder zu entspannen. Gerade schenkt er sich die dritte ein, da klingelt das Telefon. Es ist 6 Uhr 58. Lemur erschrickt so, dass er sich den heißen Kaffee auf die Schlafanzughose schüttet, brüllt seinen Schmerz und seinen Namen in das Telefon. Neuerlich beweist die Frau, welch grandiose Solistin sie auf dem Instrument der Zeit ist, fleht fast weinerlich:

„Oh, oh! Ich bin untröstlich. Wollte mich nur für mein zu frühes Anrufen entschuldigen. Sie hatten wohl die halbe Nacht nicht geschlafen? Was nützt mir ein müder, sanfter Mann, wenn ich einen wachen, bösen Mörder brauche? Nein, Scherz beiseite, lieber Herr Lemur, ich hatte ganz vergessen, ihnen meinen Namen zu nennen. Sie wollen doch sicher wissen, wie ihr armes Opfer heißt und wo es wohnt, sie lieber Mörder? Erlauben sie, dass Ich mich vorstelle: Gesine, Baronin von Glasenapp. Doch bald, an unserem Tag, sie wissen, was ich meine, werden sie mich Gesine nennen dürfen. So, und nun schlafen sie ruhig, keine weitere Störung meinerseits. Ich melde mich wie abgesprochen."

Wieder ist sie weg. Mit der einen Hand kühlt Lemur die zerschnittene Wange, mit der anderen das verbrühte Bein. Immerhin kennt er jetzt ihren Namen. Sofort geht er zum Laptop und googelt den deutschen Adelskalender.

Von Glasenapp, altes ostpreußisches Adelsgeschlecht, direkte Blutlinie bis ins 13. Jhdt. Vasallen des Königs von Dänemark, persönliche Lehnsmänner Katharinas der Großen von Russland, Stammschloss nach Ende des 2. Weltkriegs von polnischen Separatisten gesprengt. Abstammungsnachweise: Diese Seite ist für Nicht-Adlige gesperrt.

Fast will es scheinen, als hätte Lemur etwas Verbotenes getan, ohne ausdrückliche Erlaubnis ihr nachgeschnüffelt. Zumindest könnte es ein Hinweis auf sein Verhalten geben, denn sie ruft nicht mehr an. Auch nach den üblichen drei Tagen Wartezeit meldet sie sich nicht. Lemur argwöhnt, dass sie ihn mit ihrem Schweigen bestrafen will. Was ihn dabei aber so verrückt macht, ist, dass er die immanenten Zusammenhänge des Ganzen nicht begreift. Ihr Verhalten ist völlig unlogisch, sofern ihr Verlangen tatsächlich echt ist, getötet zu werden. Denn, dass sie es will, davon ist Lemur inzwischen absolut überzeugt. Da vertraut er keinen Instinkten, sondern nur und ausschließlich seinem scharfen, analytischen Verstand. Doch dieser trügt, er wird es bald erfahren. Die Frau dagegen hält das Steuerrad weiterhin fest umklammert. Sie weiß, dass Lemur reif für die letzte Attacke ist. Sein moralischer Widerstand ist gebrochen; er kann es nicht mehr abwarten, sie zu töten. Ein letztes Mal klingelt sein Telefon.

„Ich bin es, ihre Gesine, lieber Herr Mörder. Fortwährend habe ich versucht, sie zu erreichen. Funktioniert ihr Telefon nicht, oder waren sie verreist?"

Sie lügt wie gedruckt, versucht gar nicht, ihre Falschheit zu kaschieren. Lemur, von der langen Warterei ein nervliches Wrack, antwortet gereizt:

„Weder verreist noch kaputt! Ich war hier, und sie wissen das genau! Ja, ich habe mich entschieden, ja, ich werde sie töten!"

„Mich töten?"

Das sitzt! Lemur vergreift sich im Ton, verliert jegliche Beherrschung und brüllt:

„Jawohl ja! Töten, töten, töten! Ermorden, zersägen, vierteilen. Ich will dich auf dem Boden wimmern sehen. Und selbst wenn du um Erbarmen flehen würdest, werde ich taub sein gegen dein Gewinsel und dich gnadenlos enthaupten und danach in Salzsäure auflösen! Und dein verdammtes Geld verbrenne ich auf dem Scheiterhaufen!"

Während sich seine Stimme im Rausch überschlägt, hört man sie erst gurrend lachen, dann leise weinen. Sie beginnt, ein finales Solo auf der Klaviatur seiner Nerven zu spielen. Fast unhörbar haucht sie über das Telefon in sein Ohr.

„Mein Gott, sie lieben mich ja! Warum tun sie das denn? Ich wollte mich ihnen doch hingeben! Nun aber verlangen sie nach mir, begehren mich, fiebern mit allen Sinnen. Sie werden mich nicht mehr töten können, wenn sie mich erst einmal in ihren Armen halten. Damit verderben sie alles. Ich suchte einen Killer ohne Emotionen. Einen, der mich für gutes Geld kaltblütig ermordet. Aber ich will nicht geliebt werden, hören sie, sondern sterben! Daran scheiterte auch mein letzter Mörder. Ich will einfach nur sterben! Zwar nicht unter Schmerzen, weil ich davor Angst habe, aber ich möchte auf keinen Fall ein Weiterleben in süßlicher Harmonie. Herr Lemur, sie dürfen mich in ihren Gedanken lieben, so heiß und intensiv sie wollen und können, das gestatte ich ihnen gerne, aber ich ziehe meinen Auftrag an sie, mich zu töten, hiermit ausdrücklich und unwiderruflich zurück! Leben sie also wohl, Herr Lemur!"

Nachdem sie aufgelegt hat, erleidet Lemur einen Wutanfall. Völlig außer sich tobt er durch seine Wohnung, liebeskrank und liebestoll. Was er will, ist nur noch sie. Sie als Frau mit Haut und Haaren. Was er mit ihr machen würde, weiß er nicht. Wie einen Süchtigen hat ihn der cold Turkey im Griff. Entzug pur! Wieder und wieder wählt er ihre Nummer. ‚Vorübergehend nicht erreichbar!' Jedes Mal dieselbe Absage. Lemur wird ernstlich krank, halluziniert. Die Frau entsteht in ihrem schwarzen Kleid, nimmt fast physische Gestalt an in seinen wirren Wachträumen. Er kann sie riechen und fühlen; er mordet und gebiert sie in wechselndem Rhythmus.

Nach zwei Wochen tiefer Umnachtung geht er wieder zur Schule. Zwischenzeitlich hat sich die leidige Frage nach der Euthanasie weitgehend erledigt. Die wenigen Schüler, die vorher noch für den Gewissensentscheid des einzelnen plädiert hatten, schließen sich nun der moralisierenden Mehrheit um ihren Lehrer an. Doch Lemur ist nicht länger mehr der alte, ist sich der Relativität des Standpunkts und der Zeit bewusst geworden. Er wechselt die Seiten. Seine Schüler sind völlig verunsichert, sehen sie doch jetzt ihre Noten in Gefahr. Doch Lemurs Entscheidung kümmert sich nicht mehr um seine Notengebung. Der Wertehimmel ist ihm auf den Kopf gefallen, hat seine Ethik in salziger Säure aufgelöst. Seine Identität ist zersägt, halbiert, geviertelt. Die Telefonfrau hat eine entseelte Leere in ihm hinterlassen. Ohne sie ist alles so gleichgültig, so unlebendig geworden. Er muss sie wiedersehen. Bald! Er handelt. Die von ihm zu treffende Entscheidung ist nur konsequent. Und so kommt es, dass er an diesem Nachmittag in seiner Wochenzeitung unter der Rubrik ‚Verschiedenes' die knappe Aufforderung „Mörderin gesucht" liest. Seine eigene Nummer steht da gedruckt. Auch die Frau hat seine Anzeige gesehen, lässt ihn dieses Mal nicht warten, wählt die Nummer, die dort angegeben ist. Lemur meldet sich umgehend, bittet:

„Kommen sie heute Abend zu mir. Ich möchte, dass sie mich töten. Sofort und bedingungslos!"

LEKTÜRE DES SCHATTENMANNES 1

Der Interregio von Frankfurt am Main nach Singen ist bereits mehr als eine halbe Stunde unterwegs. Draußen huschen staubige Büsche vorbei, die unmittelbar am Bahndamm wachsen. Dahinter öffnen sich Felder, auf denen der Weizen bereits geerntet und eingebracht ist. Malerisch tauchen immer wieder Dörfer auf und grüßen den jagenden Zug. Drinnen im Abteil 6 von Wagen 14 tauschen Licht und Schatten brüderlich und schwesterlich die Plätze. In der Schattenecke sitzt ein Mann, Mitte 50, untersetzt, mit dicken, fleischigen Fingern. Am linken Handgelenk, wo die Armbanduhr – ein Roleximitat – protzt, sind die schwarzen Haare abrasiert, damit sich das Metall des Armbandes nicht in den feinen Härchen verfangen und daran ziehen kann. Sein Gesicht erscheint als Fortsetzung seiner Hände, ebenfalls massig, fleischig, rotfleckig und brutal. Von den tiefliegenden Augen wird dieser Eindruck noch gefördert; genauso stellt man sich einen Mann der Tat, vielleicht auch der Untat vor, der hart zupacken kann, nicht wieder loslässt, bis das Gepackte sich nicht mehr bewegt, weil es sich nicht mehr bewegen kann, es zerbrochen, endgültig tot ist. Doch noch ist es nicht so weit, und er könnte sich entspannt der am Fenster vorbeifliegenden Landschaft widmen. Aber er denkt gar nicht daran, die Wiesen und Felder sind ihm so was von egal. Seine Interessen liegen woanders. Genau gesagt, in der Dunkelwelt des Todes. Darüber hat er ein Buch geschrieben, obwohl er gar kein Schriftsteller ist oder werden möchte. Nein, er hat ein autobiographisches Werk verfasst, in welchem er bis ins allerkleinste Detail genau beschreibt, wie er eine Frau erst vergewaltigt und danach umgebracht hat. Somit ist er Autor, Vergewaltiger und Mörder in einer Person. Er ist stolz auf sich. Was ihm noch fehlt, das ist ein geeignetes Publikum, dessen Beifall er sich zu verschaffen gedenkt. Er wird eine Lesung veranstalten, um an diesen Applaus zu kommen. Sollte dieser jedoch nicht freiwillig erfolgen, wird er die gewünschten Ovationen erzwingen, Gewalt anwenden. Er will seine Geschichte hören, gelesen von einer Frau. Danach wird er sie vergewaltigen und töten, so wie er es in seinem Buch bereits beschrieben hat. Sie muss für ihn das vorlesen, was er später mit ihr machen wird. Mit großer, innerer Spannung taxiert er deshalb die junge Frau, die ihm gegenüber sitzt und von seiner geheimen Existenz keine Ahnung hat. Zu diesem Zeitpunkt zumindest noch nicht.

In der Sonnenecke hat sie Platz genommen. Als der Schaffner die Fahrkarten kontrolliert, hört der Mann im Schatten, dass sie bis Singen mitfahren wird. Das ist gut so, denn es gibt ihm Zeit, etwas zu tun, was er vom Ablauf her zwar weiß, nur über das Wann ist er sich noch im Unklaren. Sein perverses Verlangen ist aufgeflammt, die Frau gefällt ihm richtig gut. Er beschließt, sie erst durch Beobachten ihres Verhaltens genauer einschätzen zu können, bevor er ihr sein literarisches Anliegen offenbaren wird.

Kaum, dass sie es sich in ihrer Ecke bequem gemacht hat, kramt die Frau in ihrem voluminösen

Stoffbeutel mit der Aufschrift „Rettet die Umwelt". Mit halb gesenkten Lidern beobachtet er ihr Suchen; immer wieder ist er fasziniert davon, wie unergründlich diese unförmigen Behältnisse sind. Wozu schleppen Frauen nur so viele Dinge mit sich herum? Er wird später, nachdem sie tot ist, genauer nachsehen. Sie wühlt weiter, zerrt aber schließlich ein Buch heraus, schlägt die mit einem kleinen Zettel markierte Seite auf und beginnt zu lesen. Es handelt sich um ein ziemlich dickes Taschenbuch, nicht so ein dünnes, wie er es mit sich führt. Das ärgert ihn. Immer handelt es sich in diesen Schundromanen um triviale Liebesbeziehungen, in denen der Leserin eine heile Welt vorgegaukelt wird, die so nicht existiert. In seinem Werk nicht! Er weiß es besser, kennt die brutale, grausame Realität. Insofern betrachtet er es als seine Aufgabe, bei diesen dummen Frauen aufklärerisch tätig zu werden. Sie sollen körperlich spüren und verstehen, dass die Welt der Wirklichkeit eine andere ist als ihr zuckersüßer Schein. Drei Stufen umfasst sein Plan. Erst wird er sich als Autor einführen, dann werden sie aus seinem Buch Leseproben geben müssen und danach wird er ihnen die physische Umsetzung des geschriebenen Wortes in die Tat demonstrieren. Vorab rezitiert das Opfer aus seinem eigenen Totenschein!

Da er im Schatten sitzt, während sie der Sonne ausgesetzt ist, gibt ihm das den Vorteil des schamlosen Betrachtens. Er braucht keineswegs sonderlich diskret zu sein, weil sie, wie alle anderen Frauen auch, vom lapidaren Inhalt gefesselt und völlig absorbiert, ahnungslos liest. Auch gibt ihm der Schatten, in dem er sich befindet, weitere Sicherheit, von ihr nicht ertappt zu werden. Selbst wenn sie plötzlich von ihrer Lektüre aufsehen würde, wäre sie vom einfallenden Sonnenlicht kurz geblendet, sodass ihm genug Zeit bliebe, die Wimpern zu senken, seine forschenden Blicke zu kaschieren. Aber das alles braucht er nicht, denn die junge Frau ist blind und taub für den sie umgebenden Raum und insbesondere für den Mann, der ihr gegenüber lauert. Er mustert sie wie auf einer Viehauktion, taxiert ihren Wert. Sein Starren ist von unglaublicher Direktheit. Für ihn ist sie nichts Delikates, lediglich ein Stück Fleisch, das er, ohne Garzeit, roh verzehren wird. Wenn die Frau seine aufdringlichen Blicke verspüren würde und sie deuten könnte, dann täte sie gut daran, sofort aufzustehen und das Abteil 6 im Wagen 14 zu wechseln. Besser noch, sie stiege aus, verzichtete auf die Weiterfahrt, denn ihr Ziel ist noch mehr als drei Stunden entfernt. Und wie es so aussieht, wird sie es auch niemals mehr erreichen. Viel Zeit noch, viel zu viel Zeit für ihn, seinen Stufenplan in die furchtbare Tat umzusetzen. Auf seiner Seite ist die Zeit, ihr läuft sie davon. Deshalb beginnt er ohne jede Eile zu agieren, legt sein Jackett ab, hängt es sorgfältig an den Haken neben seinem Fenster und räuspert sich. Die junge Frau ihm gegenüber schaut nicht einmal auf. Zufrieden räuspert er sich erneut. Mit dieser Nicht-Reaktion hat er gerechnet, setzt deshalb, dreister als zuvor, seine Beobachtungen fort.

Genau so war es vor 25 Jahren. Sie hatte damals auch so vertieft in ihrem Buch gelesen, hatte nicht bemerkt, wie seine Erregung gestiegen war. Auch damals hatte er sich ohne jede Eile aus seiner schattigen Ecke erhoben, ihr das Buch, nachlässig fast, aus der Hand genommen und ihren Körper flach auf die Sitzbank gedrückt. Unter dem Rattern der Eisenräder des Zuges hatte er sie vergewaltigt, so lange und so oft wie er gekonnt hatte. Sie wollte nicht schreien, obwohl er ihr keineswegs den Mund zugehalten hatte, weil sie nicht schreien durfte, denn sonst hätte sie ihren kleinen Sohn erschreckt, der während der ganzen Zeit, in der seine Mutter unter ihm lag, am Fenster gestanden und die Scheibe mit seinem Butterbrot beschmiert hatte. Der Junge brabbelte dabei mit einem imaginären Gesprächspartner, schien Fragen zu stellen und Antworten zu bekommen. Es kümmerte ihn nicht, was mit seiner Mutter geschah, er stand mit dem Rücken zum Geschehen. Es geschah am später Nachmittag, und die schrägstehende Sonne hatte flirrende Kringel auf das Gesicht der Mutter gemalt, während der Mann auf ihr gelegen hatte. Nachdem alles vorüber war, hatte sich das Bübchen, ermüdet von seinem fettigen Spiel, selbst auf die Sitzbank gelegt und war gleich darauf mit seinem Teddy im Arm eingeschlafen. Die Frau hatte wieder in ihrer Ecke gesessen und still vor sich hin geweint. Eine Zeitlang hatte der Mann sie aus seiner Schattenecke noch eingehend betrachtet, ihr sogar wie tröstend seine Hand auf ihr Knie gelegt. Angeekelt hatte sie diese seine Hand einfach weggewischt. Sie hatte wohl gedacht, das sei nun alles gewesen, doch da hatte sie sich sehr geirrt. Das mit der Hand hatte ihn zwar geärgert, doch hätte er es auch sonst ohnehin gemacht. Vielleicht nicht ganz so schnell, hätte, da ihr

Bübchen ja friedlich schlief, ihr und sich ein wenig Zeit zum Verschnaufen gegeben. Allein diese wegwerfende, verachtungsvolle Geste war schuld, dass er umgehend aufsprang und sie mit einem Fausthieb bewusstlos schlug. Inzwischen war es dunkel geworden; er schob das Fenster herunter und warf die Frau kurzerhand aus dem fahrenden Zug An der nächsten Station stieg er unerkannt aus und fuhr mit dem Gegenzug zurück nach Frankfurt am Main.

Tagelang war darüber in allen Zeitungen berichtet worden, der Fundort der Leiche wurde in Bildern gezeigt. Der Schattenmann fühlte sich großartig und unüberwindlich und genoss seine neue Popularität in vollen Zügen. Sämtliche Artikel und Berichte über ihn schnitt er aus und archivierte diese fein säuberlich. Bei der Kriminalpolizei stellte man eine große Sonderkommission zusammen, die über Monate hinweg ermittelte. Irgendwann gaben sie dann frustriert auf, konnten ihn, den Täter, einfach nicht finden. Inzwischen freilich ist die Tat verjährt, und er hat für künftige Leser ein Buch darüber geschrieben und im Selbstverlag veröffentlicht. Unter seinem richtigen Namen, mit allen Einzelheiten und Details, die nur er, als der Mörder, kennen konnte. Eine makabre Autobiographie seiner Gewalttat. Er ist mächtig stolz darauf und führt das Büchlein seitdem ständig mit sich. Auch heute, hier in diesem Zug.

Die junge Frau ihm gegenüber hat ihre Beine übereinander geschlagen, wippt, während sie liest, leicht provokant mit dem freien Fuß. Sie scheint der Faszination ihres Kitschromans erlegen zu sein. Seine Nasenflügel weiten sich, er wittert das Wild und prüft dessen Duft. Fast als wären es seine Hände, greifen die Blicke nach ihren Schenkeln und schieben den Rock höher und höher. Leise und erregt befingern seine Augen die Brüste der lesenden Frau, tasten unter deren hellblauen Pulli. Von all dem spürt sie nichts. Er stöhnt unterdrückt. Die Situation entwickelt sich besser als erwartet. Sein Opfer sitzt und rührt sich nicht; er kann mit ihm tun und lassen, was er will. Wie auf einer Klaviatur spielt er auf ihrem wehrlosen Körper, drückt, schiebt und wendet ihn wie eine verdrehbare Gliederpuppe. Sein Atem geht keuchend und stoßweise, er grunzt vor kaum noch zu bändigender Geilheit. Als er erneut bei ihren Beinen anlangt, schaut sie kurz auf und lächelt freundlich:

„Ist ihnen nicht gut? Sie sehen etwas erhitzt aus. Möglicherweise Fieber. Kann ich irgendwie behilflich sein?"

Es hält ihn nicht länger. Er zieht sein autobiographisches Werk aus dem Jackett am Haken neben ihm und reicht es ihr herüber:

„Sie haben so vertieft in ihrem Buch geschmökert. Ich meine, es gibt da Besseres. Hier, lesen sie mal das! Es ist sehr gut geschrieben, unglaublich spannend und realistisch. Es bildet die Wirklichkeit ab, ist detailgenau und authentisch. Äußerst anregend. Ein richtiges Frauenbuch. Literarisch hochstehend. So eine Mischung zwischen Realismus und Naturalismus mit einem erstaunlichen Gefühl für das Milieu."

„Nun gut. Wenn sie es so warm empfehlen, schaue ich mal rein."

Erneut lächelt die junge Frau, legt ihr eigenes Buch auf die Sitzbank neben sich und ergreift das ihr hingehaltene, empfohlene Bändchen. Nachdem sie den Titel „Vergewaltige und töte!" gelesen hat, schüttelt sie den Kopf und will es ihm mit einer freundlichen Entschuldigung wieder zurückgeben.

„Tut mir leid, aber so etwas interessiert mich nicht, ich mag keine Krimis. Da fließt meistens Blut, und ich kann hinterher nicht einschlafen. Aber danke, dass sie es mir leihen wollten."

„Ich will es ihnen nicht leihen. Ich will, dass sie es lesen! So ein Buch haben sie noch nie in den Händen gehalten. Das ist eine Rarität auf dem Buchmarkt. Es enthält präzise Botschaften an sie als seine Leserin und Frau. Wichtige Vorabinformationen. Es handelt sich um mein Buch, verstehen sie? Ich habe es selbst geschrieben. Ein Kenner für Kenner. Und sie wollen es nicht kennenlernen? Verschmähen meine subtilen Ausführungen? Das macht mich wirklich ziemlich ärgerlich, so direkt abgelehnt zu werden, ohne dass sie wissen, worum es sich darin handelt. So geht das nicht! Sie müssen wissen, was dort passiert! Und ich muss es von ihnen hören; sie werden es mir vorlesen!"

Natürlich versteht die junge Frau kein Wort von dem, was er sagt, will aber nicht unhöflich sein. Außerdem überkommt sie jetzt eine leichte Angst. Sie denkt, sie täte gut daran, ihn nicht weiter aufzuregen, gar zu reizen.

„Also, sei's drum! Wenn sie darauf bestehen. Aber nur ihnen zuliebe."

Sie schlägt es auf und beginnt zu lesen.

„Lesen sie laut!"

Sie versteht schnell, dass dies keine Bitte, sondern ein Befehl ist. Nervös wippt sie mit ihrem Fuß, beginnt zögernd:

‚Ich sitze im Interregio von Frankfurt nach Singen. Für mich habe ich mir in dem Abteil einen Platz im Schatten ausgesucht, damit ich mein Gegenüber im Sonnenlicht gut beobachten kann, ohne selbst unnötig viel von mir preiszugeben. Eine junge Frau betritt das Abteil, sie hat einen etwa dreijährigen Jungen an der Hand. Das Bübchen hält einen Plüschteddy an sich gedrückt. Seine Mama trägt einen schlichten, schwarzen Wollrock, sodass man ihre sicherlich schönen Beine nur bedingt sehen kann.   Dagegen beulen sich ihre Brüste unter der weißen Bluse verlockend nach vorne. Bald werde ich sie in meinen Händen halten. Als sie aus ihrem Korb ein Brot für den kleinen Jungen nimmt, öffnen sich ihre Beine, sodass ich ein Stück weit unter ihren Rock auf ihre Schenkel sehen kann.'

Die junge Frau hält inne, lässt das Buch sinken:

„Ich werde nicht mehr weiter lesen, das ist mir einfach zu eklig. Ich mag sowas überhaupt nicht. Hier haben sie ihr tolles Buch zurück!"

„Lies sofort weiter, sonst setzt es was! Ich will, dass du alles erfährst!"

Angeekelt, doch nun in großer Furcht vor ihm, fährt sie fort:

‚Der kleine Junge nimmt sich die Scheibe Wurst von seinem Brot, isst sie und beginnt, mit dem übrigen Butterbrot die Fensterscheiben zu beschmieren. Er ist so vertieft in seine Tätigkeit, dass er nicht merkt, wie ich seine Mutter auf die Sitzbank drücke, ihr den Rock hochzerre und sie mir nehme. Als sie schreien will, flüstere ich ihr zu, dass sie damit den Kleinen ängstigen würde, und so bleibt sie ganz schön ruhig. Ich lasse mir Zeit; sie hält sich weggedreht, aber ich will es sehen. Will sehen, wie sie leidet. Über ihr tränennasses Gesicht huschen lustige Kringel, die durch das Sonnenlicht, welches durch die verschmierte Fensterscheibe fällt, gemalt werden.‘

„Ich lese definitiv nicht mehr weiter! Das ist ja furchtbar, was sie da schreiben. Das haben sie doch wirklich nicht gemacht, sondern nur erfunden, oder?“

„Lies weiter! Schlag die Seite 66 auf! Dort steht, was mit ihr anschließend geschieht.“

‚Der kleine Junge ist auf der Bank eingeschlafen. Sie schluchzt vor sich hin. Als ich meine Hand auf ihr Knie lege, stößt sie diese weg. Offensichtlich will sie mich ärgern, aber das gefällt mir ganz und gar nicht. Ich stehe langsam auf, tue so, als schaute ich nur in die Landschaft, packe sie dann plötzlich, schlage sie bewusstlos und werfe sie durch das offene Fenster aus dem fahrenden Zug.‘

„Nein, wie entsetzlich! So etwas haben sie getan? Sie sind ein widerlicher Verbrecher! Sie haben ihre Mordgeschichte tatsächlich aufgeschrieben! Und ich soll sie ihnen auch noch vorlesen, damit sie sich daran hochziehen können! Und wenn es mich mein Leben kostet: Sie sind ein perverses Schwein und gehören in die Irrenanstalt!"

Er lacht:

„Richtig erkannt, Herzchen, aber falsch kombiniert. Du hast gut gelesen. Sehr gut, aber nichts verstanden. Du kannst es wiedergutmachen, indem du eins und eins zusammenzählst, dann weißt du auch genau, was jetzt kommt. Auswendig! Dann wirst du nicht mehr fragen müssen, kannst deine Rolle perfekt spielen. Ganz sicher wirst du mir noch viel Freude bereiten."

Hastig springt sie auf, will zur Tür hin, als er ihr den Weg versperrt. Ihr Gesicht verzerrt sich vor Entsetzen. Er weidet sich an ihrer Angst, genießt diesen ersten Teil des zweiten Akts.

„Ich sehe, du hast verstanden. Wegrennen ist doch so sinnlos. Sei nicht unartig, ich bin doch dein Mann. Willst du deine Pflichten etwa vernachlässigen? Oder spielst du nur mit mir? Lockst mich! Willst meine Erregung fühlen! Ich soll es dir auf die harte Tour besorgen, darauf stehst du, nicht wahr? Na gut, dann zeig mal, was du so zu bieten hast!"

Seine Hände sind bereits unter ihrem Rock. Weit aufgerissen bitten ihre Augen um Schonung, obgleich sie eigentlich wissen müssten, dass hier keine Gnade zu erwarten ist. Der Schattenmann packt sie, will mit ihr den zweiten Akt vollenden. Doch es kommt nicht zu dem, was sich so drastisch angedeutet hat, ein

Wunder geschieht. Der Zugschaffner öffnet die Abteiltür, fragt, wer vielleicht noch zugestiegen sei. Ohne sich um ihr Gepäck zu kümmern, ist die Frau wie ein Blitz draußen. Der Schaffner hebt das Buch, das sie fallengelassen hat, auf, liest erstaunt den Titel und fragt:

„Gehört das ihnen?"

Der mörderische Schriftsteller verneint.

„Dann nehme ich es an mich, vielleicht gehört es der jungen Frau."

... ...

Im angrenzenden Abteil 7 des Wagons 14 sind alle sichtbar erleichtert. Die aus der Nummer 6 entkommene Frau lässt sich, nach Atem ringend, auf die Bank sinken.

„Ufff! Das war wirklich knapp. Beinahe hätte er mich gehabt. Ich kann euch sagen, eine derartige Situation hat es in sich. Sobald man selbst involviert ist, gewinnt der Begriff ‚Vergewaltigung' eine ganz neue Dimension. Du merkst, du bist nur noch Körper, über den ein anderer nach Belieben verfügen kann. Und danach wirst du auch noch ermordet! Nee!"

Sie schüttelt sich vor Abscheu und Ekel. Zwei weitere Frauen sitzen hier, hören gespannt zu. Ihre jeweiligen Bewährungsproben stehen noch aus. Da betritt der falsche Schaffner ihr Abteil, zieht seine Uniformjacke aus, schwenkt das Buch wie eine Trophäe:

„Herzlichen Glückwunsch, Sabine! Du warst nicht nur supertoll, sondern auch verdammt mutig. Dieses Schwein war bereits richtig in Fahrt. Also, Rettung in letzter Sekunde. Aber es hat sich gelohnt, ich habe ihm sein Buch abgenommen. Jetzt können wir konkreter planen, wie wir ihn dingfest machen, weil wir endlich wissen, dass er es war. Neben seinem Buch hat er Sabine bestimmt viele nützliche Informationen verraten. Natürlich ist er hochgefährlich, aber er will vorab sein Ritual durchziehen und dazu braucht er Zeit. Du musst also beim nächsten Mal, wenn du den Lockvogel spielst, erst mal keine Angst haben, Melissa."

Melissa zeigt ihre schneeweißen Zähne. Sofia, die dritte junge Frau, meint süffisant:

„Wenn du ihn vernaschst, Melissa, dann lass bitte noch was von ihm für mich übrig!"

LEKTÜRE DES SCHATTENMANNES 2

Langsam rollt der Interregio aus dem Frankfurter Hauptbahnhof mit Ziel Singen. In der schattigen Ecke des Abteils 6 in Wagen Nummer 14 sitzt er wieder und wartet auf sein Opfer. Doch heute läuft überhaupt nichts so, wie er es gerne gehabt hätte. Er bleibt alleine, keine Frau steigt ein, die er mit seinen Blicken betatschen und ausziehen könnte, bevor er dasselbe mit seinen Händen tun würde. Auch auf das Wetter ist kein Verlass, die Sonne ist kaum wahrnehmbar durch die dunstigen Nebel des trüben Nachmittags. Schemenhaft huschen inmitten der Wiesen und Auen Dörfer heran wie einsame Reiter im Moor. Feine Wassertröpfchen überziehen die Fensterscheiben von außen mit einem Geflecht aus rußigem Dunst. Missmutig schaut der Schattenmann auf die leere Sitzbank ihm gegenüber, spielt bereits mit dem Gedanken, unverrichteter Dinge wieder auszusteigen und nach Frankfurt zurückzufahren. Aber das kann er erst in Heidelberg, vorher ist kein Halt. Ihn, der sonst die Zeit zum Bundesgenossen hat, ärgert jetzt ihr Verlust. Zudem rattern die Eisenräder des Zuges einen Takt, der ihn noch unleidlicher macht, als er ohnehin schon ist. Endlich Heidelberg. Sofort will er seine schwarze Reisetasche packen, da wird die Abteiltür aufgeschoben und eine junge Frau, deren Atem stoßweise geht, als wäre sie gerannt, um noch den Zug zu erreichen, fragt höflich, ob hier noch ein Platz frei sei. Er tut so, als hätte er etwas in seiner Tasche gesucht, stellt sie wieder in das Gepäckfach über ihm und nickt eine freundliche Zustimmung. Zeitgleich mit dieser Frau, die ihm der Himmel geschickt hat, kommt auch die Sonne hinter den Wolken heraus, sodass er diese junge Frau in ihrer hell erleuchteten Ecke deutlich sehen und ausgiebig begutachten kann. Sie muss wirklich rasch gelaufen sein, ist immer noch ziemlich außer Atem. Heftig hebt und senkt sich ihre Brust. Fasziniert lässt er seine Augen liebkosend darüber gleiten. Nach all dem vorangegangenen Unbill dieser Zugfahrt wird ihm jene Frau allerhöchste Genüsse bereiten müssen, dafür wird er schon Sorge tragen. Langsam gleiten seine forschenden Blicke tiefer. Donnerwetter! Sie trägt ein rosa Kostüm mit dem allerkürzesten Rock. Tolle, superlange Beine in hohen Pumps in der gleichen hellrosa Farbe. Bingo! Zurück über ihren Körper geht die Reise seiner Augen. Solch ein Gesicht hat er noch nie gesehen, er ist höchst beeindruckt. Offenbar soll er für seine vergebliche Warterei nunmehr reich entschädigt werden. Mit lockigen, weißgoldenen Haaren präsentiert sich da ein präraffaelitischer Engel. Boy oh, Mann oh, wat Körpers! In derartigen Situationen lohnt es sich durchaus, ein richtig böser Teufel zu sein. Die Fahrt, die unter so schlechten Vorzeichen begonnen hat, verbreitet ihren ganzen Zauber in das Abteil. Von der Magie des Augenblicks wie geblendet, schließt er für einen Moment die Lider. Gleich wird seine Körpersuche noch intensiver vorangehen.

Doch Halt! Was ist denn das? Sie hat, ohne dass er es bemerken konnte, eine dicke Sonnenbrille aufgesetzt. Ein Modell mit monströsem, weißen Gestell und grünen Gläsern. Wie unvorteilhaft! Wie blöd! Nun kann er nicht sehen, ob sie ihn ebenfalls beobachtet. Auch nimmt sie keineswegs, wie bei Frauen während längerer Zugfahrten üblich, sofort ein Buch zur Hand. Nein, sie sitzt einfach nur da, hält die Beine in den gleichfalls rosa Strumpfhosen übereinander geschlagen und verbirgt sich und ihre Gedanken hinter dieser verdammten Sonnenbrille. Dafür wird er sie besonders streng bestrafen. Als der Schaffner kommt, um die Fahrscheine zu kontrollieren, geben der Schattenmann und seine fremde Begleiterin als dasselbe Fahrziel wiederum Singen an. Wenigstens da hält sie sich an die Regeln. Zeit genug also, denn sobald die Sonne untergegangen ist, wird sie diese störende Brille doch sicherlich wieder abnehmen. Angestrengt überlegt er. Woher kennt er jenes seltsame Outfit? Irgendwo hat er es schon mal gesehen, erinnert sich jedoch nicht. Merkwürdig, als hätte sie in seinem Kopf gelesen, stellt sie sich vor:

„Hallo, ich bin die Barbie. Alle meine Freunde nennen mich so. Weil ich so süß aussehe, sagen sie. Wenn es ihnen recht ist, können sie mich auch Barbie nennen. Es ist leichter, miteinander zu plaudern, wenn man sich so gut kennt und versteht."

Der Schattenmann weiß nicht, wie er sich vorstellen soll, aber Barbie nimmt ihm sofort das lästige Überlegen ab, regt an:

„Ich werde sie Ken nennen, wenn sie nichts dagegen haben. Ken ist Barbies bester Freund, müssen sie wissen, und eine so nette Reisebekanntschaft ist, als hätte man alte Freunde wieder getroffen. Stimmt doch, Ken, oder?"

Natürlich stimmte das überhaupt nicht, und er will auch keineswegs Ken sein, macht aber gute Miene zum bösen Spiel, willigt in seine neue Rolle ein. Dafür schenkt sie ihm ein strahlendes Zahnpastalächeln, reicht ihm ihre schmale Hand:

„Hallo Ken, sehr erfreut, ich bin Barbie", und als er nur unentschlossen grinst, ergänzt sie arglos-naiv: „Sie müssen sagen, Hallo Barbie, ich bin Ken und auch ich bin entzückt."

Obwohl er nahezu hundertprozentig – bis auf die Brille nämlich – von ihr begeistert ist, kann man es ihm ansehen, wie sehr ihn diese dämliche Vorstellerei quält, ‚Hallo Barbie, ich bin Ken und auch ich bin entzückt' zu sagen. Seine Gedanken driften ins Diabolische ab; in Kürze wird er ihr zeigen, was ihr neuer Ken mit einer solchen Barbie anstellt.

Während Barbie munter drauflos plappert, mittels eines Taschenspiegels ihr Make-up erneuert, mildes Rouge auf die Wangen pudert, den Lidstrich nachzieht und den Lippenstift ansetzt, sucht er nach seinem Buch in der schwarzen Reisetasche. Tatsächlich hat er über diesem albernen Gerede vergessen, dass er es ja in sein Jackett gesteckt hat. Als er es findet und neben sich auf den Sitz legt, ist sie mit ihrem Lippenstift fertig, haucht einen rosaroten Kuss zu ihm hin, schmollt ein wenig:

„Wollen sie denn jetzt ein Buch lesen, Ken? Langweile ich sie mit meiner Plauderei? Oh, nicht doch!

Wir haben uns bisher so gut unterhalten. Sie sind ein amüsanter, kluger Mann, Ken. Ich möchte noch viel mehr von ihnen erfahren. Bitte, bitte, lieber Ken!"

Gibt es ein besseres Stichwort? Bittet diese Barbie ihn doch darum, alles über ihn zu erfahren! Wenn sie erst unter ihm liegt und stöhnt, wird er sich „er-Kenntlich" zeigen. Versonnen schaut er auf den Titel seines Buches, als läse er ihn heute zum allererstem Mal, dann reicht er es zu ihr hinüber.

„Hier, lesen sie mal das, meine liebe Barbie! Ein sehr gutes, ungemein anregendes Buch. Noch recht unbekannt bislang, aber mit Sicherheit bald ein Bestseller. Ein wahrer Blockbuster! Ich muss es wissen, denn ich bin der Autor dieses großartigen Werkes. Sein Inhalt ist auch keineswegs fiktional, sondern überaus real. Autobiographisch und authentisch. Das heißt, ich habe alles wirklich erlebt und aufgeschrieben, damit es jeder lesen und mir nacheifern kann. So etwas bekommt man nicht alle Tage angeboten."

Barbie nimmt das Buch mit ihrem schönsten Zahnpastalächeln in Empfang. Nachdem sie fast eine Minute lang auf den Titel gestarrt hat, schlägt sie das Buch auf, blättert eine Seite nach der anderen um und will ihm dann das Buch wieder zurückgeben.

„Es ist wirklich toll spannend! Ein wahres Meisterwerk! Hat mir riesig gut gefallen!"

„Wie? Was? Das können sie gar nicht so schnell gelesen haben."

„Ja, doch, doch. Richtig gut ist es."

„Lies mir mal vor, was da steht!" herrscht er sie an.

Sie buchstabiert: „D e r k l e i n e J u n g e s t a n d a m F e n s t..."

„Du willst mich wohl verarschen?! Du liest ja wie ein Analphabet! Setz doch diese verdammte Sonnenbrille ab, wenn du nichts sehen kannst! Und dann lies ordentlich, sonst kannst du was erleben!"

Sie hat die Brille abgenommen, buchstabiert weiter: „...e r u n d b e s c h m i e r t e d i e S c h e i b e m i t s e i n e m B u t t e r b r o..."

Wütend reißt er ihr das Buch aus der Hand:

„Jetzt reicht's! Wie soll ich da in Stimmung kommen, wenn du wie eine lahme Ente liest? Warst du denn nicht in der Schule? Hast du nicht lesen gelernt, du dumme Gans?!"

„War ich doch, hab ich auch, will ich ja. Aber ich kann es nicht mehr, alles wieder vergessen. Ich hab' es einfach nicht mehr gebraucht. Wie gerne würde ich ihnen den Gefallen tun. Tut mir wirklich leid, Ken."

Dem Schattenmann platzt gleich der Kragen. ‚War das denn die Möglichkeit? Konnte ein Mensch nur so doof sein?' Dahin ist seine tödliche Lust, da hilft auch ihr rosa Mini nichts. Die offensichtliche Dummheit dieser Frau dämpft seine Erregung bis auf den Nullpunkt. Stattdessen steigt seine Wut an; die ganze Welt ist ihm verhasst. Er will seinen Plan aufgeben, denn wozu sollen diese angestrengten Versuche taugen? Heute ist eben nicht sein Tag. Er ärgert sich, hadert mit diesen widerwärtigen Imponderabilien. Besser, er wäre gleich von Heidelberg aus wieder nach Frankfurt zurückgefahren. Wie konnte er auch nur auf diese dumme Puppe reinfallen? Das ist zu viel; er will aufstehen, seine schwarze Reisetasche aus der Gepäckablage ziehen, endlich das vermaledeite Abteil verlassen. Aber irgendetwas hat sich verändert, hält ihn. Aus den Augenwinkeln sieht er ihren inneren Aufruhr. ‚Das ist doch Angst! Sie fürchtet sich!‘ Offensichtlich hat sie versucht, ihn zu täuschen, und beinahe wäre er auch darauf reingefallen. Ganz klar, sie zittert. ihre Brüste bewegen sich, laden ein, sie zu pressen, bis sie schreit. Welch eine Gelegenheit hätte er da sausen lassen! Wieder wallt der alte Drang, das ungestillte Verlangen in ihm auf. Gleich wird er sie auf die Bank strecken, weinen lassen, sie danach aus dem Fenster werfen. Ein Fest der Sinne! Insgeheim beschließt er, einen Fortsetzungsroman zu schreiben. Bis ins Detail wird er ihre Bestrafung schildern. Entschlossen stößt er die Tasche wieder in die Gepäckablage zurück, dreht sich zu ihr, griffbereit. Doch so schnell wie die Lust in ihm empor loderte, ist sie im Nu auch wieder verloschen. Barbie hat wieder ihre Sonnenbrille aufgesetzt, zeigt ihr strahlendstes Lächeln:

„Es tut mir so sehr leid, dass ich schlecht lesen kann. Darüber habe ich nachgedacht. Jammerschade! Aber wir müssen doch nicht unbedingt lesen, lieber Ken. Wir können uns doch auch so gut unterhalten. Sie könnten mir erzählen, über was sie da geschrieben haben. Ich verspreche, ich werde ganz ernsthaft zuhören. Auch nicht lachen, wenn es lustig wird."

Dem Schattenmann reicht es nun endgültig. Dieses Weib hat ihn geschafft, er fühlt sich hundeelend. Am nächsten Haltebahnhof verlässt er hastig den Zug. Das zweite Exemplar seines Buches lässt er achtlos zurück.

... ...

In Abteil 7 wird dieser Etappensieg gefeiert. Melissa zieht sich die blonde Perücke vom Kopf, reibt sich ihren schwarzen Igelhaarschnitt:

„Er war wirklich ganz kurz davor, mir doch noch seinen Ken zu zeigen. Da hab ich wieder die Brille aufgesetzt und das hat ihn abgeblockt. Wenn man vor ihm zurückschreckt, dann kommt er. Aber er bricht zusammen, wenn man keine Angst zeigt, ihn angeht, lächerlich macht. Damit zwingt man sein Ego in die Knie. Jetzt nimm du ihn dir vor, Sofia, er ist angezählt. Gib ihm den Rest!"

LEKTÜRE DES SCHATTENMANNES 3

Die Nachmittagssonne scheint durch den unteren Teil des Schiebefensters des Zugabteils 6 im Wagen 14. Seltsam klebrig und schmierig bricht sich das Licht im Glas, als hätte ein Kleinkind seine fettigen Fingerchen oder sonst einen unappetitlichen Gegenstand immer wieder über bestimmte Stellen auf der Scheibe gerieben. Derart sind irgendwelche Kunstfiguren gezeichnet, die offensichtlich für jemanden eine Bedeutung tragen. In der einen Ecke des Abteils sitzt ein Mann, Mitte 50, untersetzt, mit dicken, fleischigen Händen im schrägen Schatten der untergehenden Sonne. Sein Gesicht hat etwas Animalisches, von ihm geht eine Art von mühsam unterdrückter Brutalität aus. Tief in die Stirn zieht sich die Bürste seiner Drahthaare. Ein verschlagenes Äußeres, das von den tiefliegenden Augen noch verstärkt wird. Wir kennen den Mann bereits, wissen um seine Neigungen, seine geheimen Wünsche, seine Gier nach jungen Frauen, seinen Drang, diese zu vergewaltigen, um sie sodann auch noch zu töten. Erst aber müssen sie lesen, ihm vorlesen, was er mit ihnen anstellen wird. Das verschafft ihm den ultimativen Kick von Macht und Unterwerfung.

Dem Schattenmann gegenüber, der da lauert wie ein räuberisches Tier, hat eine junge Frau Platz genommen. Als der Schaffner die Fahrkarten kontrolliert, hört er zu seiner Freude, dass sie bis Singen mitfahren wird. Das ist gut so, denn das gibt ihm reichlich Gelegenheit, endlich etwas wieder tun zu können, was er bereits Jahre zuvor getan,was er zu wiederholen gewollt hat. Zu seinem äußersten Missfallen klappte es bislang aber nicht. Zweimal hat er angesetzt, zweimal die Beute verfehlt. Jedes Mal um Haaresbreite. Sein Scheitern hat ihn jetzt noch zusätzlich aufgeheizt. Er leidet unter Wachträumen, halluziniert. In seiner Vorstellung hat nichts Anderes mehr Platz: Er wird, er muss! Alles wird er ihr antun als Genugtuung für die entgangenen Chancen. Sie allein wird ihm diese unglaublich tiefe Befriedigung verschaffen. Es ist für ihn nicht mehr auszuhalten!

Kaum dass sie sich in ihre Ecke gekauert hat, nimmt die junge Frau ein Buch aus ihrer schwarzen Lacktasche. Später, wenn er sie bestialisch benutzt hat, wird er auch diese Tasche mit seinen gierigen Händen plündern und beschmutzen. Das, was ihm gefällt, wird er behalten, in seine eigene Reisetasche stecken und den verbleibenden Rest, zusammen mit ihr, entsorgen. Die Gedanken daran lassen seine innere Erregung steigen. In seinen Augen verengen sich die Pupillen, sehen genauer hin. Auf das Buch, das sie liest, versuchen, den Titel zu entziffern. Das ist doch nicht möglich! Seine Überraschung ist perfekt. Er kann es einfach nicht fassen, seine Blicke scannen wieder und wieder den Titel. Bei dem Buch handelt es sich um eines, das er genau kennt, mindestens hundertmal selbst gelesen hat. Sein Inhalt ist ihm so bekannt in jedem Detail, mit jeder Facette. Mindestens so vertraut ist es ihm wie der ihm gegenüber sitzenden Frau der Inhalt ihrer Tasche. Es ist sein Buch! Seine Autobiografie! Die schriftliche

Wiedergabe einer unvergesslichen Reise. Die blutige Biografie eines Ereignisses, welches sich gelohnt hatte, exakt und nuanciert geschildert, um später von ausgesuchten Frauen noch einmal vorgelesen zu werden. Der Schattenmann ist außer sich: Was tut sie da? Sie liest es freiwillig! Er braucht, wenn er so weit ist, es ihr gar nicht aufzudrängen. Sein Blut wallt in ihm auf, braust in seinen Ohren. Eine unbeschreibliche Welle an Adrenalin überschwemmt sein ganzes System.

Die letzten Sonnenstrahlen fallen in die Ecke des Abteils, in der die junge Frau, versunken in ihre Lektüre, liest. So absorbiert scheint sie zu sein, dass sie blind und taub ist für den gesamten sie umgebenden, emotional aufgeheizten Raum. Völlig entspannt noch sitzt sie in ihren Polstern, hat kein Auge und keine feinen Sinne für den Mann, der nach ihr dürstet. Unbemerkt von ihr geht seine Musterung weiter. Die Frau ist relativ klein, sehr schlank, trägt ihr braunes Haar in einem Pagenschnitt, der von ihrem Hinterkopf nach vorne etwas verlängert zum Kinn hin fällt. Ihr Make-up ist dezent, Lippenstift und Lidschatten gänzlich unaufdringlich. Die Jacke ihres ebenfalls dunklen Samtanzugs hat sie ausgezogen und auf den Haken neben ihrem Gesicht an die Fensterwand gehängt. Ihre cremefarbene Bluse ist sorgfältig gebügelt mit weiten, angesetzten Ärmeln, die ihre Schulter noch schmaler erscheinen lassen. Ihre kleinen Füße stecken in modischen Ballerinas, auch sie cremefarben, mit braunen Applikationen; sie hält die Beine ganz damenhaft nebeneinander gestellt. Nichts an ihr ist aufreizend oder gar laut. Als Lesebrille dient ihr ein goldenes Markenmodell. Der Schattenmann ist mehr als zufrieden. Da sie völlig absorbiert von dem Inhalt des Buches scheint, mustert er sie ohne den Versuch, es diskreter angehen zu lassen. Ohnehin befindet er sich jetzt in einem Stadium schamloser Direktheit. Nach abgeschlossener Prüfung dann seine wissbegierige Einleitung:

„Gefällt ihnen das Buch? Es ist gut geschrieben, nicht wahr? Auch ich habe es gelesen und fand es äußerst anregend. Literarisch wertvoll, meine ich. Ein großartiger Schriftsteller, gar keine Frage. Was meinen sie dazu?"

Die junge Frau scheint wie aus einer Trance wieder zu erwachen, schaut auf den vierschrötigen Mann ihr gegenüber und schüttelt den Kopf:

„Sie brauchen sich gar nicht die Mühe zu geben, sich zu verstellen. Ich kenne das Buch und ich kenne sie. Schriftsteller nennen sie sich? Pah! Davon sind sie Lichtjahre entfernt. Ich sage ihnen, was sie in Wahrheit sind: Ein erbärmlicher Wicht, ein versagender Vergewaltiger, ein mieser, kleiner Mörder! Was sie machen, das nenne ich grobes Hantieren mit Menschenmaterial. Das allein können sie, aber mehr nicht. Schreiben wollen sie? Glauben sie denn im Ernst, wenn sie mit ihren fleischigen Fingern rohe, unflätige Wörter hinklecksen, dass dies auch nur im Geringsten etwas mit Literatur zu tun haben könnte? Bei ihnen handelt es sich um ein psychisch verdrehtes und verzerrtes Mäusehirn, welches vermeint, mit einer möglichst drastischen Schilderung ewigen Nachruhm zu erlangen. Sie sind ein wüster, ekliger

Psychopath, dem die Lustbrille von der Nase gerutscht ist! Als großartigen Schriftsteller bezeichnen sie sich? Nochmals pah! Wohl kaum. Eher ein armseliges, mit den Hufen scharrendes Schwein, welches umgehend geschlachtet gehört!"

Er will aufspringen, diesen unerhörten Mund schlagen und stopfen, doch sie lässt es nicht zu:

„Bleiben sie ruhig sitzen, sie Zwerg. Wir haben noch viel Zeit für alles. Überstürzen sie nichts, kosten sie die Situation aus. Sie verlangten doch nach meinem ehrlichen Urteil über sich und ihr widerliches Machwerk. Mögen sie nicht noch mehr davon hören, ehe sie auf mich losgehen? Vor ihnen sitzt eine willfährige Frau. Sie gieren doch danach, dass sie ihnen vorab alles erzählt. Ich will es auch gerne tun, weiß sehr wohl, dass sie auch mich vergewaltigen und töten wollen. Gemach, gemach! Sie kommen erst zum Zuge, nachdem ich ihnen die wirkliche Geschichte erzählt habe, wie sie diese in ihrer Ignoranz nicht kennen können. Zwei Dinge müssen sie zuerst wissen, um anschließend ihre elende Lage verstehen zu können. Zwei Dinge, die aus dem schriftstellernden Helden, der sie sein wollen, einen kompletten Analphabeten machen wird."

Wieder will er auf sie los: „Das verbitte ich mir!"

Ihre damenhaft nebeneinander gestellten Beine öffnen sich:

„Nur zu, wenn sie können! Nehmen sie mich! Vergewaltigen sie mich auf der Stelle! Ich bin bereit."

Noch weiter spreizt sie ihre Beine. Mit der linken Hand vollführt sie kreisende Bewegungen über ihrer Brust, während sie den rechten Zeigefinger lasziv zwischen ihre Lippen führt. Der Schattenmann ist geschockt, merkt nicht, dass sie ihn betäubt, in Fesseln gelegt hat. In seiner Aufregung über diese direkten Anschuldigungen und die schamlose Einladung merkt er auch nicht, dass er von außen durch das Abteilfenster beobachtet wird. Die Frau beginnt zu lachen, während sie ihn jetzt gnadenlos wie bei einer Fleischbeschau mustert. Ihre goldene Brille hält sie in der Hand, führt sie hin und her, doziert herablassend:

„Selbst wenn sie es wollten, könnten sie mich nicht vergewaltigen. Weil es bei ihnen nur geht, wenn ihnen aus ihrem Buch, pah, Schundfetzen, vorgelesen wird. Erst das bringt sie in Stimmung. Das heißt im Klartext, dass sie in ihrer eigenen Abhängigkeit als Onanist gefangen sind. Fehlt ihnen diese Vorstufe, dann sind sie libidinös kastriert. Was sie antreibt, nenne ich Fetischismus, was wiederum bedeutet, dass sie eigentlich impotent sind. Das ist der erste Punkt, den sie kennen müssen, um ihre desolate Lage überhaupt verstehen zu können. Ein Schriftsteller ist frei und kreativ, sie aber sind gebunden und tumb. Also, vergewaltigen sie mich nun endlich?!"

Mit ihren Augen ihn im Banne haltend, schlägt sie zeitlupenhaft die Beine übereinander, wippt aufreizend mit ihrem Fuß, streift den einen Schuh ab und leckt ordinär an der Sohle. Wieder will er aufspringen; mit einer herrischen Geste weist sie ihn zurück:

„Sie können doch gar nicht! Was sollen diese täppischen Versuche? Also warten sie, denn sie wissen noch längst nicht alles. Das liegt daran, dass sie zu starr fixiert sind auf das, was ihre Person betrifft. Sie sind weder komplex noch vielschichtig, sondern simpel und eindimensional. Auch nicht gerade ein Kompliment für den angeblich großartigen Schriftsteller. In ihrer primitiven Analyse haben sie eine Person völlig ausgeblendet und dabei deren Wichtigkeit übersehen. Der kleine Junge, der mit seinem Butterbrot das untere Abteilfenster verschmierte, während sie seine Mutter vergewaltigten, ist heute mein Ehemann. Er hat sie gesehen und er hat sie wiedererkannt. Das war leicht, weil sie sich als Prahlhans geoutet haben. Der Mörder spottet über sein Opfer. Dabei mag es hingehen, dass sie vermeinen, der Strafe nach Recht und Gesetz entkommen zu sein, weil die Verjährung eines Verbrechens nur dem Täter dient, während das Opfer weiterhin tot ist. Mein Mann und ich aber sind weder Juristen noch Polizisten; wir sind gekommen, du Wurm, um eine Frau und Mutter von der Sünde deiner Beschmutzung und Besudelung zu reinigen!"

Der falsche Zugschaffner tritt in das Abteil:

„Ihren Fahrtausweis, bitte!"

Völlig irritiert, wendet sich der Schattenmann seiner Jackentasche zu, will das Ticket entnehmen. Im gleichen Augenblick wird er an beiden Armen gepackt, stählerne Handschellen schnappen um seine Gelenke. Erst langsam dämmert ihm eine erste, wenngleich falsche Erkenntnis. Er lacht:

„Ihr seid doch von der Polizei. Aber ihr Bullen kommt zu spät. Alles ist verjährt. Aus und vorbei!"

„Wir sind zwar spät, aber nicht zu spät. Und vorbei ist es noch lange nicht. Das denken nur sie, lieber Ken."

Barbie, in ihrem rosa Outfit, ist ebenfalls in das Abteil getreten. Mit ihr auch jene andere Frau, die unlängst nur knapp seinem Angriff entkommen ist. Die drei Frauen und der falsche Schaffner sitzen auf der gegenüber liegenden Bank, während der Schattenmann mit gefesselten Händen ziemlich kleinlaut allein in seiner Ecke hockt. Die Frau mit der Goldbrille reicht Barbie das Buch, diese schlägt auf:

„Seite 66, wenn ich mich recht erinnere, Ken. Für sie habe ich im Übrigen eigens nochmals die Schulbank gedrückt, Leseunterricht genommen, weil ich vor einiger Zeit da so kläglich versagt habe. Schließlich müssen sie doch immer wieder wissen, was sie damals taten. Und auch wir sollten darüber genauestens informiert sein, damit wir nichts falsch machen. Darf ich jetzt vorlesen, lieber Ken? Aber vielleicht besser von Beginn an, um ihre literarischen Qualitäten erst so recht würdigen zu können."

Für die nächsten vierzig Minuten liest Barbie mit maschinenhafter, emotionsloser Stimme. Einzig bei der Schilderung der beschmierten Fensterscheibe unterbricht sie sich und verweist darauf, dass Alfred sich die größte Mühe gegeben hat, um das Abteil für den heutigen Tag möglichst authentisch herzurichten. Zeile für Zeile wird das gesamte Buch gelesen. Als Barbie geendet hat, tritt eine nachdenkliche Stille ein. Dann erheben sich die vier von ihren Sitzen, zerren den Schattenmann aus seiner dunklen Ecke und pressen ihn auf die Bank. In der untergehenden Sonne flirren die fettigen Kringel von der verschmierten Scheibe über sein Gesicht. Ihrer geräumigen Lacktasche entnimmt Sofia, die Frau mit der Goldbrille, ein kleines, seltsames Bündel und reicht es Sabine, der ersten jungen Frau, doziert blasiert:

„ Der wirklich große Schriftsteller Franz Kafka lässt in seiner ‚Strafkolonie' den Gefangenen einen feuchten, ekligen Filz in den Mund schieben, damit sie nicht schreien können. Man muss Kafka zugutehalten, dass so was nicht mehr ganz zeitgemäß ist. Ich nenne mich hiermit „Kafkas Lehrling" und habe dessen Mundknebel etwas feminin verfeinert, subtiler gemacht. Sagen wir mal, für einen echten Kenner präpariert. Sie, Schattenmann, werden ihn vielleicht nicht so recht zu goutieren wissen, aber dieser Umstand dürfte dem Knebel ziemlich egal sein. Zu ihrer letzten Freude stecke ich ihnen nunmehr diesen leckeren Pfropfen, gebunden aus drei unserer besten benutzten Tampons, in ihren Hals, damit sie ihn endlich einmal vollkriegen."

Doch er will partout nicht den Mund aufmachen. Alfred muss nachhelfen. Mittels der Knöchel seiner gekrümmten Zeigefinger, die er dem Schattenmann heftig hinter dessen Ohren drückt, öffnen sich die Lippen so weit, dass ein kreisrundes Loch entsteht, in welches Sabine nun besagtes Tamponpäckchen hineinpresst. Er würgt, sein Magen revoltiert. Seine Zunge will sich dagegen wehren, ihr Widerstand wird mit Gewalt gebrochen. Dem aufsteigenden

Brechreiz wird mit einem breiten Pflaster der Weg nach draußen abgeschnitten. Dann folgt das aufdringliche Make-up. Barbie kommt mit einem Schminkkasten wie sie ihn im Zirkus benutzen, und schmiert zentimeterdick weiße Fettcreme auf sein Gesicht. Über und unter die Augen malt sie jeweils senkrechte Striche, sodass sie wie Sterne scheinbar zu strahlen beginnen. Auf das Mundpflaster wird noch saugfähiges Kreppband geklebt, damit der Lippenstift, in roten, schwungvollen Bahnen gezogen, auch gut haftet. Vom Stirnansatz hoch wird eine dünne Gummimaske über die Kopfhaut gestülpt, sodass eine Glatze mit hübschen Lockenhaaren an den Seiten entsteht. Über den nun breit lachenden Mund wird zudem noch die berühmte Knollennase gesetzt und fertig ist das Clownsgesicht! Er darf sich im kleinen Taschenspiegel bewundern; die Schminkmeisterin Barbie hat sich selbst übertroffen.

Während sie ihm noch abschließend in die Mundwinkel malerische Grübchen pinselt, heißt es bereits Abschied nehmen. Sofia öffnet das Abteilfenster. Der starke Fahrtwind zerrt sofort an den lustigen Zottelhaaren des Schattenclowns, als Alfred ihn über die Brüstung nach draußen in die Nacht auf die Gleise wirft.

www.tredition.de

Über tredition

EIN EIGENES BUCH VERÖFFENTLICHEN

tredition wurde 2006 in Hamburg gegründet. Seitdem hat tredition mehrere tausend Buchtitel veröffentlicht. Autoren veröffentlichen in wenigen leichten Schritten gedruckte Bücher, e-Books und audio-Books. tredition hat das Ziel, die beste und fairste Veröffentlichungsmöglichkeit für Autoren zu bieten.

tredition wurde mit der Erkenntnis gegründet, dass nur etwa jedes 200. bei Verlagen eingereichte Manuskript veröffentlicht wird. Dabei hat jedes Buch seinen Markt, also seine Leser. tredition sorgt dafür, dass für jedes Buch die Leserschaft auch erreicht wird.

Im einzigartigen Literatur-Netzwerk von tredition bieten zahlreiche Literatur-Partner (das sind Lektoren, Übersetzer, Hörbuchsprecher und Illustratoren) ihre Dienstleistung an, um Manuskripte zu verbessern oder die Vielfalt zu erhöhen. Autoren vereinbaren direkt mit den Literatur-Partnern die Konditionen ihrer Zusammenarbeit und partizipieren gemeinsam am Erfolg des Buches.

Das gesamte Verlagsprogramm von tredition ist bei allen stationären Buchhandlungen und Online-Buchhändlern wie z. B. Amazon erhältlich. e-Books stehen bei den führenden Online-Portalen (z. B. i-Bookstore von Apple oder Kindle von Amazon) zum Verkauf.

Jetzt ein Buch veröffentlichen: **www.tredition.de**

EINE BUCHREIHE ODER

VERLAG GRÜNDEN

Seit 2009 bietet tredition sein Verlagskonzept auch als sogenanntes "White-Label" an. Das bedeutet, dass andere Personen oder Institutionen risikofrei und unkompliziert selbst zum Herausgeber von Büchern und Buchreihen unter eigener Marke werden können. tredition übernimmt dabei das komplette Herstellungs- und Distributionsrisiko.

Zahlreiche Zeitschriften-, Zeitungs- und Buchverlage, Universitäten, Forschungseinrichtungen, u.v.m. nutzen diese Dienstleistung von tredition, um unter eigener Marke ohne Risiko Bücher zu verlegen.

Alle Informationen im Internet:

www.tredition.de/Buchverlage

Zeitfracht Medien GmbH
Ferdinand-Jühlke-Straße 7
99095 Erfurt, Deutschland
produktsicherheit@kolibri360.de